KB127805

# 아이 없는 어른도
# 꽤 괜찮습니다

# 아이 없는 어른도
# 꽤 괜찮습니다

도란 지음

내 삶을 최사선택하는 딩크 라이프

지콜론북

# 목차

## 3장 · 딩크로 살아보니 꽤 괜찮습니다

## INTERVIEW · 다른 딩크족은 어떻게 살까?

육상경기장의 출발선에 섰다. 아마 이 경기는 내가 죽을 때야 끝날 것이다. 족히 70년은 걸릴 결혼이라는 경기의 출발 지점이다. 아직 발을 떼지 않았는데 은은한 환호성이 들린다. 자세히 들리진 않지만 대략 이런 소리다.

"결혼하면 애는 몇 명?"

"아이 낳아도 일은 계속할 거야?"

이게 무슨 소리일까. 잘못 들은 걸까? 이윽고 기다렸던 신호탄이 떨어졌다. 힘차게 달린다. 온몸의 근력을 사용해 앞으로 나아간다. 달라진 게 있다면 몸을 푸는 시간이 아닌 본게임이라 은은했던 환호성이 명확한 아우성으로 바뀌었다는 점이다.

"결혼했으면 당연히 애를 낳아야지!"

"여자라면 애 키우는 행복을 알아야지."

"며느리가 애를 낳는 건 도리지, 도리."

아우성은 외면할수록 더욱 격렬해진다.

"애 안 낳을 거면 결혼은 왜 했어?"

"애 없으면 이혼하기 쉽지."

"완전 불효자 아냐?"

"남편이 가만히 있어?"

나는 그저 결혼했을 뿐인데 무슨 일이람. 좋은 사람과

부부라는 관계를 시작한 내 삶의 경기장에서 아이를 낳아 키우라는 권장이 끝없이 이어졌다. 그 권장은 잔잔한 회유였다가 강요였다가 짜증이었다가 힐난이기도 했다.

권장에 이어 해명도 요구되었다. 좋아서 한 결혼이었고, 원치 않아서 낳지 않은 그 단순한 선택에 타당성을 담은 해명이 요구됐다. 출산이란 결국 누구의 몸도 아닌 내 몸으로 해내야 하는 일이다. 그럼에도 곁에서 지켜보는 제삼자에게 아이를 낳지 않는 이유를 해명해야 하는 이 세계는 잔인했고 불합리였다.

이 책에 담긴 글을 쓰면서 항상 생각한 바가 있다. 만약 이 글이 정말 책으로 만들어진다면 이 세계는 확실히 잘못된 거라고 말이다. 사람들이 스스로 원하는 방식으로 살아가는 게 그토록 어려워서 이 글들이 책으로 엮이고, 출산을 하지 않거나 원치 않는 사람들이 공감하고 자신만의 대처법을 강구하는 세계라면 완고하게 낡아버린 곳이다.

나와 내 남편은 어디에나 있을법한 흔한 부부다. 다정하게 연애했고 죽을 때까지 함께 살자며 법률로 약속한 부부다. 그뿐이지 출산을 약속한 게 아니었다. 비출산의 이유를 억지로 지어내고 싶지 않다.

이 책의 표지를 들춘 이들 역시 의무를 기준으로 삼는 대신 '어떻게 살고 싶은가'를 충분히 고민할 수 있길 바란다. 우려했던 이 책은 세상에 나왔고, 책을 생각의 통로 삼아 나답게 살아가는 것은 독자 여러분들의 몫이다.

1장 · 아이 없이 살게요

# 30대, 딩크가 되다

우리 부부가 결혼한 지 6년째라는 것을 밝히면 사람들은 우리 뒤쪽에 서있는 아이가 없는지, 업힌 아이가 없는지 짧은 곁눈질로 살펴본다. 그리고 예상했던 '아이'가 없으면 조금 놀란 표정으로 질문한다.

"애는요?"

"아직 애는 없구나?"

"아이는 천천히 가지려나 봐요?"

어떤 질문에도 우리가 선택한 답은 없다. 우리의 아이는 아직 없는 것도, 천천히 오려는 것도 아니기 때문이다. 나와 남편은 딩크Double Income No Kids다. 미국의 베이비붐 시대에 생겨난 신조어인데 한국에서도 일부러 아이를 갖지 않는 부부를 딩크족이라 부른다. 우리는 아이가 없고, 앞으로도 가질 계획이 없다.

아이를 낳지 않는 건 우리가 선택한 삶의 방식이다. 가족계획은 오롯이 부부의 선택에 달려야 한다고 생각하지만, 안타깝게도 한국에서는 부부만의 선택으로 가족계획을 하기란 어렵다. 이런 사회 분위기 속에서 우리 부부는 '특이한 부부', '요즘 사람들' 혹은 '이기적인 사람들'로까지 분류되곤 한다. 우리가 특이하다거나 요즘 사람이란 이유로 아이를 낳지 않는 건 아니다. 인구 증가에 공헌하지 않았다 해서 이기적이라고 할 수는 없다. 그래서 2인 가구가 거리낌 없이 살기에는 다소 혹독한 사회에서 우리가 어떻게 딩크족으로 살게 됐는지, 살고 있는지 천천히 꺼내보려고 한다.

20대 때만 해도 아이를 낳지 않은 나는 상상할 수 없었다. 그것도 서너 명은 낳아 항상 활기차고 북적이는 가정을 이루고 싶었다. 세 자매 중 한 명으로 자라 어릴 때 경제적 허기를 적지 않게 겪었는데도 아이는 하나가 아닌 여럿을 낳고 싶다는 생각을 무의식 속에 키우고 있었다.

언젠가 결혼을 한다면 당연히 아이를 낳게 될 것이고, 어떻게든 키울 수 있을 거라 생각했다. 어른들 말에 따르면 '아이는 알아서 큰다'지 않던가? 기억하는 한 나 역시 어릴 적에 집에서 혼자 많은 시간을 보냈다. 그 당연함에 힘입어 나는 자녀 문제에 관한 별다른 고민 없이 결혼했다.

그런데 생각지 못한 상황에 직면했다. 결혼 후 집에서 엄마와 대화를 하던 중 엄마에게 무심코 내 생각을 털어놓았을 때였다.

"엄마, 나 나중에 아기 낳으면 엄마가 키워줘?"

"네 자식을 왜 내가 키우니?"

엄마의 즉답에 살짝 놀라긴 했지만 사실 엄마 말이 맞았다. 내 가정에서 생겨난 아이를 엄마에게 떠맡기는 건 불합리였다.

"생각해 보니 그러네. 내가 낳았으면 나랑 남편이 알아서 해야겠네. 그런데 엄마, 나처럼 회사 다니고 일하는 사람은 어떻게 해? 어린이집 같은 데 맡기는 거야?"

"어린 자식은 남의 손에 맡기는 거 아니다. 네가 키워야지."

"그럼 나 회사는?"

"그만둬야지."

"그럼 내 일은?"

"애 낳으면 다 조금씩 포기하는 거야."

"내가? 왜?"

"넌 어쩜 너 하고 싶은 걸 다 하고 살려고 하니?"

일어나지도 않은 가정을 풀어놓았다가 문득 깨달았다. 나는 그동안 아이는 낳은 사람이 책임져야 한다는 무게감을 전혀 모른 채 살아온 것이다. 부부가 맞벌이를 한다면 누군가 키워주는 게 아이인 줄 알았다. 그런데 그 '누군가'는 찾기 쉽지 않고, 만약 가족이 아닌 전문 인력을 찾게 된다면 비용이 상당해지는 것이다.

유치원에 다니기 전까지 엄마는 전업주부였다. 엄마는 하고 싶은 게 많았다. 공부를 더 하고 싶었고, 사업도 하고 싶었단다. 내가 유치원에 다닐 무렵 엄마는 집 일부에 세를 놓았다. 그리고 내 또래의 두 딸을 키우는 젊은 부부를 셋방 가족으로 들였다. 아마 셋방에 사는 동갑내기 아이와 내가 유치원에 다녀오면 함께 놀기를 바랐던 것 같다. 셋방 가족의 아주머니는 매일은 아니더라도 본인의 자녀와 함께 나를 돌봐주곤 했다. 집에 세를 놓은 후 엄마는 장사를 시작했다. 언니들을 낳고 나를 어느 정도 키울 때까지 10여 년의 세월을 어떻게 살림만 했나 할 정도로 엄마는 장사에 재능이 있었다. 하지만 아이를 맡길 구석이 없으면 엄마는 나를 떠안고 집에 있어야 했다. 애 낳으면 조금씩 포기해야 한다고 자신을 위안하면서 말이다.

요즘은 맡길 구석을 찾기도 어렵다. 시설에 보낸다는 건 편리하면서도 마음 한구석에 불안을 감내해야 하는 일이다. 길을 가다 유치원생인 아이들을 보면 저렇게 작은 아이를 두고 일을 나가는 게 가능할까 싶기도 하다.

이런 상황들을 떠올리니, 당연하게 생각했던 나의 자녀 계획은 굉장한 무게로 다가오기 시작했다. 양육을 위해 내가 일을 그만둬야 한다면 적어도 워킹 맘으로 돌아올 수 있을 정도로 키울 때까지 일을 쉬어야 한다. 예상대로 경력 단절이 기다리고 있는 것이다.

젊은 시절 열심히 살며 쌓은 경력을 육아 때문에 내려놔야 한다고 생각하니 우울함이 몰려왔다. 20대에는 어느 정도 번듯한 회사에 다니고 적어도 나 하나는 감당할 연봉을 받아야 결혼할 자격을 조금 채울 수 있다고 믿었다. 자신을 드러내는 데에는 직업과 연봉이 한몫했으니 말이다.

나는 아직도 결혼 전 시어머니를 처음 만난 자리에서 들었던 질문들을 기억한다. "대학은 어디? 전공은? 연봉은? 회사 직원 수는? 회사 육아휴직은? 모아둔 돈은?"
초면에 조금 무례한 질문일 수 있었지만, 시어머니 입장
에서 외면할 수 없는 현실적인 요소들이었다.

자아실현을 위해 무수히 겪었던 시행착오, 싫은 것도
참아가며 쌓아왔던 경력이 육아를 위해 말끔히 정리될
수 있는 것이었다면 나는 왜 그토록 열심히 살아야 했을
까? 배우자로서 번듯하기 위해 꾹 참고 다닌 회사 생활과
직함이 임신과 동시에 사라진다면 무슨 의미일까? 10년
가까이 일한 내가 아이를 키우기 위해 직장을 그만둔다
는 건 켜켜이 쌓아온 나의 정체성이 무너지는 일이었다.

엄마와의 대화 후 나는 줄곧 생각에 빠졌다. 이런 내
심정을 남편에게도 스스럼없이 말했고 같이 고민했다.
아이는 엄마만의 선택과 희생으로 자랄 수 있는 존재가
아니다. 그러니 고민의 무게도 누구 한 명의 의지와 의견
에만 따르지 않고 부부가 똑같이 공유해야 한다. 나와 마
찬가지로 결혼하면 당연히 아이를 낳자던, 그것도 꼭 딸
을 낳자던 남편은 나와의 오랜 대화 끝에 비로소 육아에
대한 무게를 가늠해 보기 시작했다. 많은 이들이 그러하
듯 남편은 육아를 '도와줄' 생각만 하고 있었다.

"아기 낳으면 내가 목욕은 시켜줄게."

"근데 아이는 아들 말고 꼭 딸이었으면 좋겠어. 딸이 예쁘잖아."

"아기 낳으면 내가 운동도 데리고 다닐게."

남편은 아내가 10년 가까이 해오던 직장생활을 멈추고 퇴근도 휴식도 없이 집 안에서 온종일 아이와 씨름하게 될 육아에 대해 상상조차 못 하고 있었다. 게다가 성별까지 미리 정하고 딸 바보가 될 준비를 하고 있다니, 행여 줄줄이 아들이라도 낳으면 딸이 태어날 때까지 계속 낳아야 한단 말인가. 그랬던 남편에게 내가 털어놓는 이야기들은 기쁨 못지않은 무거움이었으리라.

서른둘 끄트머리에 결혼했으니 노산을 하지 않으려면 서른다섯 살까지는 아이를 낳는 게 신체적으로 좋았다. 그 전에 고민을 끝내고 싶었다. 우리는 결혼 2주년이 될 때까지 천천히 시간을 두고 자녀 계획을 세우기로 했다. 나중에라도 후회하지 않으려면 고민은 최대한 많이 할수록 좋을 터였다. 나와 남편은 다양한 경우의 수를 계산하고, 상상하고, 주변에 아이를 키우는 부부는 물론 아이를 낳지 않은 부부와 대화를 나눴고, 관련 사례나 서적까지 살펴보며 자녀 계획에 걸음을 뗐다.

# 모성 권하는 사회

어릴 적 친구들과 모여 이야기를 할 때면 미래의 결혼 상대에 대해 곧잘 얘기하곤 했는데, 나를 포함해 다수의 친구는 '좋은 아빠감'을 결혼 상대로 바라고 있었다. 그 시절 우리가 생각하는 좋은 아빠는 아이에게 윽박지르거나 폭력을 쓰지 않고, 아이의 말에 귀를 기울여 주고, 여가를 나누며, 가족 구성원의 건강과 안녕을 중요한 가치로 여기는 사람이었다. 아마 우리 부모 세대에서는 그런 아빠를 만나기 어려웠기 때문이리라.

그런데 그 좋은 아빠의 역할을 지금 내 친구들이 도맡아 하고 있다. 친구들의 남편이자 아이들의 아빠는 좋은 아빠의 역할을 주도하지 않고 돕는다고 들었다. 참 이상도 하다. 우리는 좋은 아빠감을 결혼 상대로 꿈꾸고 기다렸는데 결국 만나지 못한 걸까? 적어도 연애하는 동안의 남자는 좋은 아빠감이 분명했는데 말이다.

아빠들의 변화가 그들만의 문제라고 생각지 않는다. 일찍 결혼한 친구들이 아이를 키우는 어려움을 토로할 때 친구의 편을 들며 남편 흉을 봤다. "어쩜 그렇게 지밖에 몰라?", "애는 너 혼자 키워? 너 혼자 만든 애가 아니잖아!" 등의 뾰족한 말을 공유했다.

친구들은 고개를 끄덕끄덕하지만 결국 돌아가야 할 곳은 달라진 것 없이 독박 육아를 하는 가정일 뿐이었다. 집으로 돌아간 친구들은 아이에게 밥을 먹이고 씻기고, 아이가 남긴 밥을 대충 먹고, 남편이 허기를 달랠 정도의 음식을 만들고, 너저분해진 집을 치우고, 아이를 재우고, 그제야 본인의 몸을 씻는다.

아빠가 아이를 키우는 데 시간을 쓰지 못하고, 엄마가 일을 그만두고 아이를 키우는 구조가 아빠만의 문제가 아니라는 것을 깨달은 건 결혼 후였다. 엄마와의 대화에서 아이를 낳으면 당연히 여성이 일을 그만두고 육아를 해야 한다는 말을 들었을 때, 나름대로 충격을 받았지만 그렇다고 답답함을 해소할 뾰족한 수가 떠오르지도 않았으니 말이다.

부부 두 사람 중 육아를 전담할 사람이 일을 그만둬야 한다면 당연히 소득이 적은 쪽이 그만두는 게 경제적으로 합리적일 것이다. 우리나라에서는 임금의 성차별이 여러 차례 화두에 올랐음에도 요지부동이다. 그러니 주로 임금이 적은 여성이 일을 그만두어 가사와 육아를 전담하고, 남성이 집안 경제를 책임지는 전통적인 가정 형태가 공고해질 뿐이다. 가정의 경제만 담당하면 제 소임을 다했다고 생각하는 쪽과 육아를 나누는 게 가능할까?

또 아빠와 엄마의 역할에서 양분되는 것 중 하나가 모성이라는 사실이 내겐 찜찜했다. 정확히는 모성이 가진 사회적 함의이다. 나와 남편이 같이 만든 아이일 텐데, 당연하게 여성이 일을 그만둬야 한다고 말하는 사람들. 그들은 그것을 '모성'이라고 말했다. 여자에게는 모성이 있어서 자신이 낳은 아이를 남에게 맡기고 싶어 하지 않는다고 했다. 아이가 다 자랄 때까지 엄마가 키워야 아이가 반듯해진다고도 했다. 그런 말들은 모성이란 여자가 타고난 본능이어야 하고, 그것이 남편의 부성보다 강해서 자기가 이룬 것을 선뜻 포기하기 마련이라는 숙명처럼 들렸다. 하지만 그들이 말하는 모성은 어쩌면 거짓말이라는 생각이 든다. 요즘 들어 더욱 그렇다. 주변에 아이를 낳아 키우는 사람들과 이야기해 보면, 처음부터 모성이 생기지는 않는다고 대부분 입을 모아 말하기 때문이다.

아이를 정말 원해서 낳아 키우는 사람도 있고, 주변의 시선과 압력에 못 이겨 의무감 섞인 복합적인 심정으로 아이를 낳는 경우도 간혹 있다. 그중에는 원래부터 아이에게 절대적인 감정이 생기는 게 아니라 키우다 보니 엄마는 모성이 강할 것이라고 기대하는 타의적인 책임감에 짓눌려, 그 책임감과 모성 사이에서 헷갈려 하는 이들도 많았다.

그래서 의심하게 되었다. 가부장적 문화의 나라에서 살다 보니 아이의 양육은 낳은 사람에게 맡기고 그 이유를 모성이라고 둘러댄 것은 아닐까. 아이를 키우는 일도 온전히 힘을 쓰는 노동이다. 그런데 나름의 급여로 보상받지 못하고, 휴가도 없고, 퇴근도 없이 하루 24시간을 모두 쏟아야 하는데 고충을 토로하지도, 불만도 느끼지 못 하게 하는 강력한 무기로써 모성을 주입한 건 아닐는지.

물론 열 달을 품어 낳은 자식이 살뜰하게 예뻐 강한 모성을 느끼는 엄마들이 있다. 하지만 일부는 그렇게까지 강한 모성을 느끼지 않을 수도 있는데 '아이를 낳으면 당연히 모성이 생기는 거야!'라고 주장하는 이들에 의해 강제성을 띤 모성으로 아이를 돌보는 게 아닐까. 그러는 동안 아빠는 돈을 벌어 온다. 아이로 인해 아빠에게도 자유가 사라진다. 아빠가 자유로우면 엄마와 아이가 먹고살 돈이 사라지니 말이다. 만약 경제활동의 짐에서 벗어났다면 그들은 좋은 아빠감이었던 시절을 그대로 간직했을까? 나와 친구들이 청춘의 눈으로 바라본 그들은 가부장적 구조에 시들 대로 시들어버린 아빠의 모습이 아니었다.

아이가 없고, 앞으로도 낳고 싶지 않은 내게는 모성이 없다. 내가 아이가 갖고 싶고, 양육에 대한 부푼 미래를 생각한다면 모성이 생길지도 모른다. 하지만 단지 여성이라고 해서 무조건 모성을 갖고 태어나지는 않을 것이라 확신한다.

결혼한 지 6년째 접어든 요즘도 사람들은 곧잘 내게 묻는다. 왜 아이를 낳지 않느냐고. 아이를 낳는 게 자연스러운 코스인 듯 말하는 이들이 여전히 많다. 나의 생각을 솔직하게 말하면 '아이를 낳아 키우는 기쁨은 매우 크다, 여자라면 아이를 한번 낳아봐야 한다, 아이가 있어야 이혼하지 않고 오래 간다, 아이가 없으면 집안 어른들과 사이가 나빠진다' 등 다채로운 이야기가 흘러나온다.

아이를 낳아 키우는 기쁨은 그 아이가 자라는 과정에 필요한 부모의 육체적 노동 그리고 사람이 사람을 키우며 피할 수 없는 상처와도 비례할 것이다. 여자라서 아이를 한번 낳아봐야 한다면 자신의 정체성을 생식 활동으로 정의할 뿐이다. 아이가 있어야 이혼하지 않는다면, 아이가 있어도 이혼하는 수많은 가정이 설명되지 않는다. 아이가 없으면 어른들과 사이가 나빠질 수도 있겠지만, 아이가 있어도 어른과 잘 지내기는 쉽지 않다.

나는 이런 질문에 여러 가지 대답을 해보았다. 그리고 최근에는 비교적 간편하게 '내겐 자격이 없다'는 표현을 쓴다. "나는 아이를 낳아 잘 키울 마음이 없으니 그것은 아이를 낳을 자격이 없는 거라고 생각해요." 정도로 정리하는 것이다. 그 자격이 만약 모성이라면, 자격이 충분한 사람이 아이를 낳아 즐겁게 키울 수 있는 세상이 하루빨리 다가오길 바랄 뿐이다. 어릴 적 나와 친구들이 찾던 '좋은 아빠감'과 그에 못지않은 '좋은 엄마감'인 이들, 즉 좋은 부모가 진심으로 아이를 기다리고 낳아 기르는 세상 말이다. 한편으로는 자격 없는 나 같은 사람이 편견으로부터 자유로울 수 있는 세상 역시 조금씩, 아주 느리게 다가오고 있음을 느낀다.

# 내 건강은 내 것이 아니다

........................................................

대학생 때쯤이었을 것이다. 또래들이 열광하고 깜짝 놀랄만한 화보 하나가 공개됐다. 당시 최고의 팝 스타였던 브리트니 스피어스의 만삭 사진이었다. 은은한 베이지색 드레스와 그녀의 금발은 찰떡같이 잘 어울렸고 드레스의 윤곽을 따라 크게 부푼 배가 드러났다. 임신을 하고도 이렇게 멋진 사진을 찍을 수 있다는 데 놀랐다.

'임신해도 이렇게 예쁠 수 있구나. 만삭에도 사진을 찍을 수 있구나.'

임신에 대한 지식이 백지 수준이었던 나는 만삭 정도면 꼼짝없이 누워만 있는 줄 알았다. 배가 가득 부풀어 오르면 당연히 거동이 힘들고 하루에도 몇 번씩 졸음이 올

거라 생각했기 때문이다(이 생각이 틀린 건 아니었다). 친구들도 나와 비슷한 생각과 놀람을 경험했는데, 우리 세대에서 만삭 사진에 대한 환상은 아마 브리트니 스피어스가 찍은 화보의 영향이 크지 않을까 싶다.

이후로도 임신을 '숭고함'으로 설명하는 수많은 말과 글을 접했다. 그럴 때면 여자의 일생에서 가장 아름다운 시기가 임신이라고 느껴졌다. 나 역시 그 환상에 동참한 적도 있다.

'나도 언젠가 임신하면 늘 좋은 표정으로 단정하게 입고 지내야지.'

하지만 예쁜 옷과 메이크업, 잘 다듬은 헤어스타일을 임신 기간에는 유지할 수 없음을, 그보다 더 중요한 난제를 감당하려면 예쁜 옷을 고를 틈조차 없다는 것을 깨닫는 데는 그리 오래 걸리지 않았다.

우리 중 일찍 결혼한 친구의 집에 방문했을 때였다. 20대 중반에 가까워져 올 무렵 결혼해 출산한 친구였다. 친구는 결혼과 동시에 아이를 간절히 원했고, 그렇게 품에 안게 된 아이가 너무나 소중해서 한순간도 눈길을 떼지 못했다. 그랬던 친구는 예전에 비해 걸음걸이가 조금 느려졌다.

"산후조리하면서 꼬리뼈가 잘못 붙었어. 지금도 매일 아파."

몸을 지탱하는 뼈 일부가 잘못 붙었다는 무시무시한 소식을 친구는 웃으면서 전했다. 친구의 성격을 생각하면 꼬리뼈뿐만 아니라 다른 뼈에 이상이 생기더라도 출산을 선택했을 것이다. 걸음걸이가 느려지고 밤마다 등줄기를 타고 저릿함이 올라와 몸서리치더라도 정말 낳고 싶었던 아이였기 때문이다.

"그럼 너 평생 꼬리뼈 아파야 돼?"

"뭐, 그렇지. 수술을 할 수 있는 것도 아니고. 너무 아프면 가끔 병원 다니면서 지내는 거지."

당시에 이해할 수 없었던 친구의 모습은 이후 결혼한 친구들에게서도 비슷하게 볼 수 있었다. 20대 후반부터 30대 초반까지 거의 매달 결혼식이 있었고 친구들은 디테일이 조금씩 다른 드레스를 입고 결혼을 했다. 가끔 웨딩촬영 스튜디오가 같기라도 하면 친구들은 얼굴만 조금 다르고 똑같은 앨범을 소장했다. 그리고 결혼 후 1년에서 2년 사이에 여기저기서 임신 소식이 들려왔고, 비슷한 시기를 겪으며 엄마들이 됐다.

그들 중에는 다행히 무탈하게 출산하는 친구도 있었

고, 갖은 고생 끝에 출산하고 이후에도 지속해서 건강에 무리가 오는 친구도 있었다. 입덧이 너무 심해 몇 달 동안 식사를 하지 못하는 건 불편한 축에 끼지도 못한다. 호르몬의 영향으로 온몸이 가렵고 알레르기에 고생해도 임신 중이라서 약도 못 바른 채 지내야 한다. 그 흔한 감기에 걸려도 따뜻한 차나 물을 마시며 버틴다. 요통이나 척추의 통증으로 두들겨 맞은 듯 아픈 날도 숱하다. 임신하면 다들 겪는다는 치질이라는 병도 그저 웃어넘길 질환은 아니다. 남들 다 겪으니 괜찮은 병이 세상에 어디 있을까. 설상가상으로 머리도 빠진다.

임신중독증이 오는 바람에 위험한 고비를 여러 차례 넘기고 수십 킬로그램이 불어난 친구도 있었다. 결혼 전에는 40kg 중반의 마른 체형이었던 친구는 임신중독증을 겪으며 70kg까지 몸무게가 늘어났다. 산모의 목숨까지 심각하게 위협하는 게 임신중독증인데 사람들은 남의 속도 모른 채 이런 말들을 늘어놓았단다.

"임신하고 신나게 먹었구나!"

"이때다 싶어서 마음껏 먹으니 살이 찐 거지."

누군들 임신중독을 겪고 싶고, 수십 킬로씩 살이 찌고 싶었을까. 또 아이를 낳았다고 늘어났던 체중이 바람에

흩어지듯 사라지지도 않는다.

어렵사리 출산이라는 미션을 수행한 뒤에는 온몸에 관절 질환이며 치질을 비롯한 대장 질환이 평생 이어지기도 한다. 기초적인 생리 활동이 있을 때마다 통증과 불편이 찾아오는 대장 질환은 거의 불치병 수준이다. 비나 눈이 내리는 습도 높은 날이면 허리와 골반이 무너지듯 아프다. 내 지인은 아이를 낳고 류머티즘 관절염에 걸려 손가락 마디마디가 끊어질 듯한 고통을 겪는다. 모유 수유를 하는 사람이라면 한번쯤 겪는 젖몸살도 어찌 가볍게 넘길 수 있을까.

그런데도 아이를 낳은 엄마들에겐 "수고했다, 고생했다." 정도의 칭찬이나 "몸조리 잘해라." 같은 가벼운 안부가 돌아올 뿐이다. 아이만 건강하게 태어나면 그만인 것이다. 오랜 기간 건강한 신체를 유지해 온 노력이 물거품이 되더라도 아이를 낳으려면 모든 것을 희생해야 마땅하다는 사회의 공기 속에서, 출산하는 여성의 건강은 본인의 것이 아니다. 마치 내 몸이 내 것이 아닌 듯, 내 몸의 건강이 출산을 위해 무너져도 괜찮다는 듯 말이다. 물론 주변 사람들의 축복과 기다림에는 아이와 산모 모두의 건강이 포함돼 있지만, 조리원에서 2주 정도 누워있

으면 모든 게 원상 복귀가 되는 것처럼 가볍게 몸조리 잘
하라는 말로 퉁치고 만다.

임신과 출산으로 상한 건강을 되찾기 위해 치료나 관
리를 받는 이들에게 부정적인 시선도 여성의 건강을 가
벼이 여기는 것이다. 언젠가 친구가 자신의 지인이 조금
비싼 출산 방법을 선택했다며 흉을 봤다. 딱딱한 수술실
분위기와는 다른 방식으로 아이를 낳는다고 했다. 그 말
을 하며 친구는 혀를 끌끌 찼다.

"옛날에는 엄마들이 아침에 애 낳고 오후에 밭매러 나
갔어. 애 낳는 게 뭐 대수라고 그런 돈 낭비를 하는지 이
해가 안 된다. 된장녀도 아니고."

아침에 애 낳고 오후에 밭매러 갔던 옛날 엄마들이 인
권을 착취당했다는 것을 모르는 모양이었다. 그 엄마들
이 나이가 들면서 온몸에 골병이 들고 허리가 굽어가는
게 친구를 비롯한 사람들에겐 '엄마의 숭고한 희생'으로
비칠지도 모르겠다. 아침에 애를 낳고 오후에 밭을 매는
여성의 삶, 쟁기질하는 소와 무엇이 다를까.

임신하고 출산하는 과정에서 건강을 잃은 지인들을
지켜보며 어느덧 내 마음속 임신이란 일생의 아름다운
시기에서 무너지는 시기로 얼굴을 달리했다. 이제와 생

각해 보면 베이지색 드레스를 입고 있던 브리트니 스피어스도 임신 기간에 어떤 알레르기와 각종 질환에 시달렸을지, 또 출산 후에는 얼마나 불편했을지, 다이어트에 대한 왜곡된 압박은 어떻게 견뎠을지 아찔하다.

사람에게 중요한 요소로 영혼이나 정신을 으뜸으로 꼽는다지만, 정작 몸이 없으면 영혼이나 정신을 어떻게 드러낼까? 몸은 나의 일부이자 전부다. 내 몸의 주체 또한 나다. 내 건강도 온전히 내 것이다. 내 몸의 건강은 아이를 낳기 위해 모두 내어줘도 무방한 가벼운 가치가 아니다.

아이를 원하는 산모가 건강을 조금 잃더라도 출산을 선택하는 게 잘못되었다는 게 아니다. 다만 그렇게 양보하고 희생하는 건강, 의도치 않게 잃어버리는 건강이 가볍지 않다는 것을 산모 혼자만 알아서는 안 된다. 그게 당연해져서는 안 된다.

내가 아이를 낳지 않기로 한 이유 중에는 내 한 몸을 갈아 넣어서라도 아이를 얻고 싶다는 욕구가 들지 않는다는 게 한몫했다. 어떤 불편과 희생을 감수해서라도 아이가 있는 가정을 꾸려 다복하게 살고 싶다면 건강을 조금 잃더라도 감내해야 할 것이다. 반면 자신과 배우자에

34

게 더 집중하면서 살고 싶다면 낳지 않는 삶을 선택할 수도 있다.

이 같은 선택에 숭고함은 힘이 없다. 그래서 아이를 낳기 위해 잃어버린 건강과 평생 짊어지고 가야 할 불편을 숭고함으로 포장하는 이들에게 나는 이렇게 단언한다. "내 몸은 아이가 세상에 나오기 위한 터미널이 아니다."

# 아이를 키우는 행복이란

．．．．．．．．．．．．．．．．．．．．．．．．．．．．．．．．．．．．．．．．．．．．．．．．．．

행복해지고 싶어서 하는 많은 것들이 있다. 어릴 적부터 꿈꿔온 장래 희망에 접근하는 데 필요한 공부, 조금씩 돈을 모아 사진으로만 보던 장소로 떠나는 여행, 배우자 혹은 연인과의 기념일을 챙기며 따뜻한 시간을 보내는 것과 같이 평소 우리가 선택하고 말하고 행동하는 대부분은 궁극적으로 행복을 추구하기 때문 아닐까. 실토하기에 낯간지러워 행복을 입에 올리지 않는 사람이라 해도 불행해지기 위해 일상을 꾸려가는 경우는 거의 없다.

또한 행복은 나 혼자만의 것이 아니라 곁에 있는 사람과 공유하고 닮은꼴을 만들어가며 증폭되기도 한다. 자신이 누려보니 너무 좋았던 행복을 주변 사람들과 공유하고 함께 누리고 싶은 그 마음을 어찌 모르겠는가. 그런 따사로운 마음으로 가까운 친구들과 지인들이 수없이 내게 제안한 말이 있다.

"나는 네가 아이를 키우는 행복을 꼭 느껴봤으면 좋겠어."

"아이 키우는 행복보다 더 큰 행복은 없어."

"네 아이랑 우리 애들하고 같이 자라면 얼마나 좋아."

자기 아이를 끌어안으며 이런 말도 숱하게 했다.

"얘가 없었으면 어떻게 살았을까?"

주변에 아이를 낳은 대부분의 사람은 입을 모아 아이 키우는 행복을 강론했다. 물론 아이를 키우며 힘든 부분을 토로하기도 했다. 아이를 키우는 것은 행복 아니면 불행으로 정의할 수 없는 가치일 것이다. 키워본 적은 없지만 가끔 조카나 친구의 아이들이 자라는 모습을 보면 귀엽고 사랑스러운 순간들도 있었다. 그런 모습에 고민이 전혀 없었다고는 할 수 없겠다.

'아이를 키우면 정말 행복해질까?'

앞서 말했듯 대부분의 사람은 궁극적으로 행복을 추구하며 산다. 그 때문에 수많은 사람들이 주장하는 아이가 주는 행복을 나 역시 가져봐야 손해가 없는 삶이 아닐지 고민해 보았다. 무엇보다 고민이 가장 극대화된 포인트는 '후회'였다.

'아이를 낳지 않아서 나중에 후회하면 어쩌지?'

주변에서 따뜻한 마음으로 권했던 '아이를 키우는 행복' 때문에 나는 행복의 손익계산서를 오래도록 고민해야 했다. 아이를 키우는 행복이 정말 삶의 으뜸이라면 한번은 가져봐야 할 게 아닌가 싶었고, 수십 년쯤 지나서 우리 부부가 사는 집이 적막하다 못해 빈집처럼 되지 않을지 두려워졌다.

갈팡질팡하던 손익계산서의 마무리는 의외로 쉽게 정리됐다. 회사에 다니며 이직을 준비하느라 이력서를 업데이트하던 날이었다. 몇 년간 한 회사에 다니느라 손보지 못했던 이력서는 새로 집어넣어야 할 정보가 수두룩했다. 그동안 진행했던 프로젝트, 자부할 만한 결과물, 시즌마다 있었던 프로모션 등을 기입하고 화면에 드러난 경력의 햇수가 껑충 뛰어오르는 모습을 보는데 피식 웃음이 났다.

'내 삶에 이렇게 뿌듯한 순간이 많았구나.'

잠시 키보드에서 손을 내리고 휴대폰 속 오랜 사진들을 보며 숨을 골랐다. 대학 시절 '이때 아니면 언제 해보

겠냐.'라는 마음으로 시도했던 많은 활동들, 졸업하고 입사한 조직에서 밤잠 줄여가며 추진한 기획과 프로젝트, 그 사이사이 알게 된 소중한 인연들, 다양해진 취미, 스스로 알아채지 못했던 재능.

그 밖에 많은 일들이 스쳐 지나는 동안 나는 아이가 있든 없든 스스로 충분히 행복을 만들 수 있다는 사실을 깨달았다. 오늘을 살아가는 이들에게 할당된 삶은 모두 소중해서 한 가지 방법으로 규정할 수 없는 저마다의 행복론이 존재한다는 걸 깨닫자 그동안 나를 괴롭혔던 고민은 한 줌 재가 되어 사그라졌다.

터질 듯한 다양성으로 채워진 현대사회에서 행복해지는 방법은 많다. 내가 아는 것은 그중 극히 일부에 불과하다. 아마 아이를 키우는 것도 세상의 수많은 행복 중 한 가지일 것이다.

2020년을 사는 나는 홀로 서재에서 글을 쓰고 흡족한 결과물이 나왔을 때 행복하다. 나의 글과 강의가 필요한 곳에서 조심스레 걸려 오는 전화에 뿌듯하다. 내 이름이 새겨진 책의 권수가 늘어갈 때 희열을 느낀다. 내면에 쌓인 이야기를 털어내듯 진득한 인터뷰에 임할 때 행복하다.

반복되는 일상에서도 유독 아끼는 행복이 있다. 아무것도 틀지 않은 무소음 혹은 내가 듣고 싶은 음악만 잔잔히 흐르는 때와 같이 주변 소음을 선택할 수 있음을 사랑한다. 피곤하면 일찍 자고, 체력이 쌩쌩하면 늦게까지 웃고 떠들 수 있는 24시간의 조합을 사랑한다. 정기적으로 운동하고 필요한 성분을 챙겨 먹는 인풋이 고통 없이 건강한 아웃풋으로 나오는 순리를 사랑한다. 배우자이자 절친인 남편과 여러 종류의 차를 마시며 조용히 보내는 저녁 시간을 귀히 여긴다. 예정 없이 여행을 떠나도 무너지지 않는 일상이 행복하다. 고요하고 차분한 일상이 행복하고, 먼 미래에도 고요를 지키고 싶다. 아이가 없어도 충분히 행복했고, 행복을 꾸려가는 방법을 이미 터득해나가고 있기에 '아이를 키우는 행복'을 의무로 지니지 않는다.

남편은 커리어를 높여가고 새로운 학문을 탐구하는 데 크게 행복을 느낀다. 자녀를 키우며 갈등하고 상처받을 일 없이 반려견의 재롱을 보는 데 만족한다. 주말이면 나와 함께 유명한 식당이나 카페에 들르고 새로운 디저트를 맛보는 소소함을 즐긴다. 그가 꿈꾸는 노후는 집 근처에 커다란 도서관이 있고, 관광가이드를 따라 편안히 여행을 다니며, 가끔 이야기를 주고받을 친구 몇몇이 가까이 사는 모습이다. 노후에 자녀가 없어도 충분한 즐거움을 기대하고 있다.

나와는 달리 아이를 낳고 육아를 하는 친구들과 지인들이 모자랄 것 없이 행복을 느낀다는 사실도 알고 있다. 사람마다 행복한 지점과 방법이 다르기에 비교하고 계산할 수 없는 가치와 존재가 있다. 가까운 동네에 사는 언니는 잘생긴 세 아이를 키우면서도 예쁜 딸아이 한 명쯤 더 키우고 싶다고 할 정도로 육아의 즐거움을 확실히 느끼고 있다. 아이 셋을 키우는 일이 피곤할 수도 있으련만, 아이를 키우고 소통하는 순간을 매우 좋아하는 언니만 봐도 아이를 키우는 행복이란 분명 있다.

아이를 키우며 행복한 사람은 그 방식 그대로 행복하면 된다. 내가 숱하게 들었던 말처럼 '아이를 키우는 일생 최고의 행복'을 한껏 누리며 사는 것이다. 주변에 강요하지만 않는다면 유전자를 나누어 가진 자녀와 더불어 사는 삶은 현재를 만끽하기에 충분한, 모자람 없는 생이다.

나와 남편처럼 아이 없이 다른 방법으로 행복한 사람은 그 방법들로 행복하면 그뿐이다. 행복의 여러 방법 중 육아가 없다 해서 삶의 밀도가 떨어지진 않는다. 행복을 만드는 방법이 다르다 해서 삶의 만족도에 낮은 점수가 매겨지는 것도 아니다.

그런데도 '아이를 키우는 행복'이 최고라며 지금이라도 늦지 않았으니 꼭 한 명 낳으라고 강조한다면, 나는 이렇게 답할 수밖에 없다.

"너는 그렇게 행복하게 지내렴. 나는 이렇게 행복할 거야."

행복은 아이라는 존재로 복제할 수 있는 가치가 아니다. 행복을 추구하고 만들어가는 데 정답 같은 건 이 세상에 없다.

# 딩크를 배워온 남편

..............................................................

"아휴, 나 같은 아들 태어나면 진짜 싫겠다!"

결혼한 지 얼마 안 된 남편 입에서 나온 말이다.

"나도 나 같은 딸 낳으면 진짜 싫을 것 같다!"

이건 내 입에서 나온 말이다.

우리 부부는 결혼을 하면서 가족계획을 구체적으로 세우지 않았다. 제도가 인정한 가정이라는 틀 안에서 안전하게 낳아 키울 수 있는 자녀에 대해 결혼 후 몇 달 지나서야 희미하게 떠올렸을 뿐이다. 그나마도 자신을 닮은 자식이 태어나는 건 기대되고 설레는 일이 아니라 부아가 치미는 일이었다. 배우자라면 모를까, 날 닮은 자식이라니. 싫어도 너무 싫다는 데 우리는 마음이 같았다.

이렇게 닮은 부부지만 남편과 나는 몹시 다른 점이 있었다. 경력 단절과 육아의 짐을 구체적으로 생각하며 딩크를 생각하게 된 나와 달리 남편은 앞날에 관해 상상력을 조금도 발휘하지 못했다는 점이다.

남편의 상상은 결혼 생활 내내 나와 데이트를 하고 여행을 다니고 틈틈이 예쁘게 생긴 자녀, 그것도 반드시 귀엽고 예쁘게 생긴 딸이 함께한다는 정도였다. 그가 꿈꾸던 장밋빛 미래를 나무랄 순 없지만 현실 감각을 찾아볼 수 없는 그의 청사진에 팩트 폭력을 가할 수밖에 없었다.

"여보, 애 생기면 데이트나 여행 다니기 힘들대. 아니면 모든 자리에 애를 데리고 다녀야 하는데 난 그건 싫어. 카페나 식당에 아이랑 함께 가면 나도 힘들고 주변 사람도 불편할 수 있잖아."

"애는 어디 맡기고 우리 둘이 데이트 다니고 여행 다니면 되지."

"어디에 맡길 건데?"

"?"

이런 식의 대화가 줄곧 이어졌다.

"애가 태어나고 최소한 어린이집에 갈 때까지는 부모가 돌봐야 하지 않을까? 의사소통도 제대로 안 되는 아기를 어린이집에 맡기는 건 좀 불안하잖아."

"3개월쯤 어린이집에 맡기면 되지 않아?"

"3개월이면 너무 어린 것 아닐까? 그래, 온종일 손이 가야 할 신생아를 어린이집에 맡긴다 치자. 애가 아프면 바로 보호자가 달려가서 병원 데려가야 하고, 어린이집에 맡겼다 데려오면 저녁이랑 밤에 내내 돌봐야 하는데 우리가 잘할 수 있을까?"

"어린이집 같은 데 계속 맡겨두고 주말에 찾아오고 그럼 안 돼?"

"뭐라고?"

남편에게 아기, 그것도 아들은 절대 용납하고 싶지 않은 세계에서 상상 속의 우리 딸은 그저 남편이 편안하고 여유로운 시간에 잠깐 등장해서 애교를 떨고 예쁜 옷을 입고 나풀거리며 재롱을 떠는 존재였다. 거기다 아이를 키우느라 드는 비용은 커피 한 잔 값 정도로 생각하고 있었다. 태어나면 모유나 분유를 먹고, 크고 나면 우리랑 같이 앉아 밥을 먹을 텐데 기저귀값이나 좀 드는 게 아이인 줄 알고 있는 남편에게 나는 구구절절 현실을 설명해야 했다. 그런 나를 물음표 가득한 눈길로 바라보던 남편은 자녀가 있는 동료나 선배들과 대화를 나누면서 아이가 태어나며 소요되는 비용과 시간, 노동력에 대한 구체적인 계산을 조금씩 시작했다.

　그렇게 결혼 2주년이 될 때까지 자녀 계획을 확정하자고 얘기한 다음 날부터 나와 남편의 성실한 고민이 시작됐다. 자매 중에 이미 딩크로 사는 언니가 있어 익숙했던 나는 주변에서 무자녀 가정의 사례를 찾아보고 아이를 낳은 친구들과 대화를 나누며 고민의 스텝을 밟았다.

　남편 역시 딩크로 사는 부부와 자녀를 둔 부부의 차이, 육아가 지닌 의미와 가치에 대해 진지하게 알아보게 됐다. 다행인지 남편 주변엔 아이를 둘 셋쯤 낳아 키우는 회사 선배들이 있었고, 딩크족인 선배와 동료들도 있었다. 그들과 꾸준히 대화를 나누며 자녀의 유무에 부부의 삶이 어떻게 변화하는지 진지하게 고민하는 모습이었다. 그중 남편이 조금 충격을 받은 부분은 이런 쪽이었다. 어느 날 퇴근한 남편이 신기한 광경을 목격한 듯 내게 소식을 전했다.

　"여보, 사람들이 집에 가기 싫다고 퇴근을 안 해!"

　"어머, 왜?"

　"몰라. 집에 가면 애 봐야 한다고 그냥 일 좀 더 하거나 게임하다 집에 간다고 안 가!"

출근하는 순간부터 퇴근하고 싶어 하는 남편으로서는 납득이 안 가는 풍경이었을 것이다. 한번은 우리 부부가 대만 여행을 준비할 때 마침 같은 시기에 휴가를 내고 대만 여행을 간다는 남편의 직장 동료가 여행지에서 따로 만날 것을 제안한 적 있다.

"아, 그 동료네 가족이랑 우리랑 같이 만나자고?"

"아니, 나랑 둘이 만나자는데? 회사 말고 다른 데서 만나서 맥주 한잔 하자네."

회사에서 매일 마주치는 동료끼리 각자의 가족과 여행을 가서 굳이 따로 만나야 할 필요가 뭐 있겠나 싶었지만 그 제안은 아주 간단히 정리됐다. 다음 날 남편이 집에 돌아와 그 제안이 취소됐다고 전했다.

"동료 아내가 애 안 보고 어딜 가냐고 화냈대. 안 보기로 했어."

피식. 회사 동료와 대만에서까지 만날뻔했던 해프닝이 취소될 것을 나는 예측할 수 있었다. 그리고 그 이유에 대해서도 아주 잘 알고 있다. 과거에 남자 동료들이 얼마나 퇴근하길 싫어했는지, 슬렁슬렁 돌아다니며 일하다가 저녁까지 꼬박꼬박 챙겨 먹고 늦게 퇴근하던 모습을 숱하게 봐왔다. 아이 목욕시키기 싫어서였다든가, 주말에 집에 있으면 아이를 돌보거나 종일 놀아줘야 해서 주말이 싫다든가 그런 이유를 얼마나 많이 듣고 지켜봐 왔는가. 특히 맞벌이를 하는 집은 요일을 정해 돌아가면서 부모 중 한 명이 아이를 전담하거나 서로에게 돌봄을 미루다가 다투는 등 자신의 휴식 시간을 쟁취하기 위해 안간힘을 쓰고 있었다.

그 밖에도 월요일 점심시간이면 동료들로부터 주말에 아이 중심으로 살아가는 이야기를 전해 들으며 남편은 자녀와 함께 사는 세계를 보다 깊이 상상할 수 있었다. 특히 남편 주변에 우리보다 앞서 딩크를 선택하고 수년째 살고 있는 부부들과의 대화를 통해 궁금했던 점을 해소하기도 했다. 그중에는 오랫동안 직장 생활을 하고 잠시 휴식기를 갖기 위해 유럽에 나가 요리 공부를 한 부부가 있었고, 동일한 취미 생활을 즐기며 여유롭게 사는 부부도 있었다. 그렇게 각자 알게 된 정보를 교류하며 2년 가까이 고민한 우리 부부는 딩크로 살기로 가족계획의 매듭을 지었다.

시간이 얼마쯤 지나 혹시나 아이가 없음을, 남편이 그토록 원하던 예쁘고 귀여운 딸아이가 없음을 후회하지 않을지 남편에게 물었다. 남편은 명확하게 답했다.

"사람들이 그러는데 아이가 생기면 행복이 두 배가 된 대. 근데 간혹 불행도 두 배라는 말이 있더라. 아이를 낳는다고 불행이 따라오는 건 아니지만 불확실함에 나의 많은 것을 걸고 싶지 않아."

마치 취미 생활처럼 육아를 생각했던 남편은 몇 년 사이에 새로운 삶의 방식을 배워온 듯했다. 그리고 우리는 아이를 낳든 안 낳든 선택할 수 있음에, 그 자유로움에 안도를 느꼈다. 만약 북유럽처럼 교육과 보육이 선진화된 나라에 살고 있다면 선택의 폭이 훨씬 넓었을지 모를 일이다. 하지만 현재 소속된 사회와 현실에서 우리 자신을 보호하고 보다 여유롭게 살기 위해 최선의 선택을 했다고 믿는다.

## 선택하지 못하는 게 이상한 거야

고심 끝에 딩크를 선택하고도 옅게나마 걱정이 들었던 건, 가족들에게 이 소식을 전하고 유연하게 넘어갈 스텝이 필요했기 때문이다. 결혼이라는 게 두 사람의 사랑만으로 모든 것을 유연하게 패스할 수 있다면 좋겠지만 아이러니하게도 주변인과 환경은 결혼을 완성하는 데 큰 역할을 한다.

특히 유교 문화가 여전히 지배적인 우리나라에서 결혼은 두 사람의 사랑의 결실이 아닌 가족과 가족의 만남이다. 어딜 가나 그 소리를 했다. 결혼은 두 가족의 결합이라 둘만 좋다고 다가 아니라고. 깊이 사랑하는 사람과 할 게 아니라면 결혼은 아예 하지 않아도 상관없다고 생각해 온 내게 둘만 좋아서 하는 결혼은 의미가 없고 두 가족이 평화롭게 결합해야 한다고 다들 입을 모았다.

그럴 때면 어쩐지 우리 부부의 '둘만 좋은 그 감정'이 결혼의 이유조차 되지 못하는 기분이 들었다. 수십 년 다르게 산 두 사람이 얼마나 좋으면 결혼까지 한다는데, 결혼할 수 있는 근거로 힘이 약하다는 게 의아했다. 소중한 연애 감정이 하찮은 것처럼 표현됐고 그보다 더 중요한 가족 간의 결합을 강조하는 말을 들을 때마다 나는 울렁거렸다. 연애 감정은 하찮고 가족의 평화나 조화가 더 거룩하다는 식의 압박은 내내 나를 괴롭혔다. 결국 결혼이란 말끔하게 두 사람의 선택이 아니라 나머지 가족들의 '허락'과 '납득'이 전제된다는 걸 억지로 인정해야만 했다.

그런데 문제가 생겼다. 예상치 못하게 시부모님이 나를 반대하신 거였다. 가족 간의 결합도 낯선데 누군가가 나를 싫어하고 못마땅해한다는 건 충격이었다. 결혼 허락을 받는 과정은 지난하고 지독했다. 나는 누군가의 잣대를 통해 경매장에 오른 기분이었다. 시가에서 반대한다는 소식을 듣자 우리 집에서도 불편한 심기를 드러냈다.

"네가 뭐가 모자란다고 그쪽에서 반대한다는 거니? 그렇게 나오면 우리도 반대할 거야."

매일 머리가 지끈거렸다. 내가 하는 결혼인데 결혼 상대 하나 내 뜻대로 선택하지 못하는 게 너무나 이상했다. 주변에서 아무리 좋아하고 칭찬해도 내 마음에 들지 않는 상대와 결혼할 수 없는 이치와 같은 것이었다.

'내 결혼을 왜 내가 선택할 수 없는 걸까? 그냥 하지 말까?'

하지만 결혼을 포기해 버리면 영영 '결혼은 가족 간의 결합'이라는 사상의 패배자로 살게 될 것이 불 보듯 뻔했다. 우리 부부는 정말 어렵사리 절차를 밟아 부부가 되었다.

그 외에는 우리가 전부 선택할 수 있었다. 신혼여행지, 신혼집의 위치, 우리가 쓸 그릇, 가구 등 스스로 선택해서 조화를 만들어가는 신접살림은 좋았다. 다시는 생의 중요한 선택을 타인과 환경에 휘둘리고 싶지 않았다. 선택권을 절대 놓지 않겠다고 다짐하며 신혼 생활을 시작했다. 이때까지만 해도 가족계획에 대해 깊이 생각하지 않아서 결혼 못지않은 허락과 납득이 우리를 기다리고 있다는 걸 생각하지 못했다.

결혼 후 우리 부부가 가족계획을 위해 골몰하던 무렵이었다. 서른두 살 막바지에 결혼한 내가 30대 중반에 가까워지자 주변에서 한 마디씩 보태기 시작했다. 여자 나이 서른다섯이 넘으면 노산이니 어차피 낳을 거면 빨리 낳으라는 둥, 결혼한 지 1년쯤 지났으면 슬슬 생각해야 되지 않느냐는 둥 걱정 섞인 말들이었다. 그때마다 별생각 없이 답했다.

"낳을지 안 낳을지 아직 결정 안 했어."

그럼 사람들은 깜짝 놀라 답했다.

"그걸 어떻게 둘이 결정해?"

"양가 부모님은 허락하신 거야?"

입에서 탄식이 흘러나왔다. 결혼 허락도 피곤했는데 가족계획마저 허락받을 일이었다니! 만약 아이를 낳지 않는다고 하면 양가 부모님들이 서운해하실 수는 있다고 생각했다. 집에 아이가 태어나면 온갖 사랑을 독차지하고, 귀여움과 재롱으로 집안 분위기가 살아나기도 한다는 사실을 잘 아는 나로서는 가족들의 서운함을 이해할 수 있었다. 서운함은 다정함으로 채우며 더불어 살면 될 일이었다. 그래서 가족계획을 확정하면 조심스레 전할 예정이었다.

하지만 허락은 달랐다. 출산은 우리 부부가 결정하고, 내 몸을 희생하는 일이다. 그런데 왜 허락을 받아야 하지? 내 몸으로 출산하고 내 시간과 삶을 모두 갈아 넣어야 하는 육아를 선택하는 데 왜 허락을 받아야 하지? 직장 동료들이나 친구들과 이런 이야기를 나눌 때는 톡 쏘아붙이기도 했다.

"내가 낳고 안 낳고의 문제를 왜 허락을 받아?"

그럴 땐 비슷한 답변이 따라붙었다. 결혼은 가족 간의 결합이라 자손 문제를 둘이 결정하면 안 된다, 집안 어른들에게 미움을 받을 것이다, 가족 문제니까 허락을 받아야 한다 등 결혼할 때와 비슷한 이야기였다. 결혼으로 끝날 것 같았던 허락의 수렁은 영영 끝나지 않을 것처럼 보였다. 낳더라도 내 몸으로 내가 낳고, 내가 키워야 하고, 우리 부부가 책임져야 할 자녀의 선택마저 가족의 허락 아래에 가능하다는 뿌리 깊은 유교 문화에 나는 다시 고단해졌다.

그런 속앓이를 거쳤음에도 우리는 자녀 계획의 선택권만큼은 지켰다. 앞서 결혼 반대로 마음의 상처가 깊게 패어버린 우리 부부가 또다시 같은 절차를 밟을 수는 없었다. 신중하게 고민한 뒤 딩크를 결정할 때의 배경에는 누군가의 허락도 납득도 없었다. 단지 우리 둘의 이성과 감성이 녹아들었을 뿐이다.

한때는 남들처럼 사는 것에 로망이 있었다. 남들처럼 평범하게, 물 흐르듯 유순하게 살고자 했던 시절에는 선택권 없이 허락받으며 사는 게 낯설지 않았다. 하지만 결혼을 기점으로 남들을 뒤쫓으며 사는 게 그리 평범하지만은 않다는 현실을 만나고야 말았다. 주체적이지 못한 채 순종으로 옭아매는 삶이 아름다울 수 없다는 진실도 함께였다.

집안 어른들과 잡음을 일으키지 않고 유별나지 않게 사는 게 목표였다면 충분히 해낼 수도 있었다. 하지만 삶의 목표가 고작 그 정도가 아니기에 따가운 타인의 시선을 받더라도 우리 부부는 흔적 없는 땅에 직접 삽으로 길을 고른다. 또 결혼과 자녀 계획에 앞서 허락을 떠올리기 전에 내 가정의 중요한 사항을 직접 선택하지 못하는 사회가 이상하다는 걸 진즉에 알았어야 했다. 인생에 있어 중요한 순간마다 허락받으며 살아야 한다면 여전히 부모 품에서 독립하지 못했다는 증명일 뿐이다.

가끔 딩크를 고민하는 신혼부부나 결혼을 앞둔 후배들과 이야기를 나눌 때면 자신은 아이 생각이 없는데 마음대로 안 낳아도 될지, 아니면 남들처럼 아이 한 명쯤 낳고 살아야 할지 물을 때가 있다. 그럴 때면 내가 할 수 있는 말은 단 하나다.

"선택하지 못하는 게 이상한 거야."

말 그대로 생의 중요한 선택을 스스로 하는 것. 내 몸과 일상에서 벌어질 커다란 결정을 주변의 압박에 못 이겨 포기하지 말 것. 우리가 긴 세월 교육을 받고 성장하며 머리와 가슴에 담아온 이성과 감성만으로 선택할 힘은 충분하다는 것을 저 한 마디에 힘주어 말할 따름이다.

# 딩크 선언에 김치 싸대기는 없었다

우리 부부가 딩크족이라고 소개하거나 자녀를 낳을 계획이 없음을 넌지시 표현할 때 친분이 두텁지 않은 사람들은 종종 이런 질문을 한다.

"부모님은 가만있으셨어?"

"부모님께는 어떻게 말씀드렸어요?"

사랑하는 두 사람이 혼인 관계를 갖는 게 결혼이지만 우리나라에서는 딩크족이라는 사실을 부모에게 알리는 게 일생일대의 사건처럼 여겨지기도 한다. 물론 부모님이 가만있지 않으신다면, 나도 가만있진 않았을 테니(!) '딩크 선언'은 꼭 한번 짚고 넘어가야 할 산이긴 하다.

아이를 낳지 않기로 남편과 약속한 뒤, 양가에 이를 전하는 광경을 상상한 적 있다. 딩크족으로 살기로 마음먹었을 때 이미 내 나이는 30대 중반이었다. 또한 중년에서 노년으로 넘어가던 양가 부모님들에게서 조금씩 자녀 이야기가 흘러나올 무렵이었다.

우리의 다짐을 전할 때 눈에 보이지도 손에 잡히지도 않는 '대'가 끊긴다며 나무랄 것을 예상했다. 하필 남편은 집안의 장손이었다. 장손과 결혼했으면서 아이를 낳는 의무를 다하지 않는다며 어느 드라마에서 그랬던 것처럼 포기김치로 내 넓적한 뺨을 올려붙이는 장면도 떠올랐다. 친정에서는 안 그래도 결혼을 반대하던 사돈이 아이를 낳지 않겠다는 막내딸을 구박덩이로 몰아붙이진 않을지 발을 동동 구르는 모습이 눈에 선했다. 상상만으로도 피곤한 상황이었다. 하지만 예상과는 달리 우리의 딩크 선언은 조용히, 어쩌면 구렁이 담 넘듯 진행됐다.

먼저 말을 꺼낸 건 친정에서였다. 평소에도 엄마는 아이는 천천히 가져도 된다고 했었다. 출산이 급한 건 아니지만 아이가 한 명쯤은 있어야 한다는 엄마였다. 다행히 내게는 믿는 구석이 있었는데 세 자매 중 큰언니가 딩크족으로 20년 넘게 살고 있다는 사실, 작은언니는 조카 둘을 낳아 엄마에게 할머니로서 손주를 보는 즐거움을 안

겨주고 있다는 또 하나의 사실이었다. 엄마에게는 딩크족으로 사는 큰딸과 아들 둘을 낳고 사는 작은딸도 있었기에 나는 선택에서 비교적 자유로운 편이었다. 그래서 평소처럼 함께 식사나 하자고 찾은 친정집에서 조심스레 의사를 전했다.

"엄마, 우리 아이 안 낳고 둘이 잘 살기로 정했어."

엄마는 잠시 말이 없었고 눈길을 어디에 둬야 할지 몰라 헤매는 모습이었다. 엄마의 동공은 지진을 넘어 카오스였다. 하겠다고 마음먹으면 기어코 하고야 마는 막내딸의 성격을 알기 때문에 엄마는 어설픈 명분으로 내 마음을 돌릴 순 없었다. 정신을 붙든 엄마가 겨우 꺼낸 명분은 '사돈'이었다.

"너희 시어른들이 너를 반대했잖니. 그런데 아이까지 안 낳는다고 하면 너를 더 싫어할 수도 있어. 그리고 사위가 장손인데 어떻게 애를 안 낳아."

"나를 반대한 건 내가 마음에 안 들어서지 아이를 안 낳겠다고 미리 선언해서가 아니잖아. 아이 하나 낳는다고 갑자기 내게 태도가 달라질 일도 없고, 그런 이유로 아이를 낳아서도 안 되지. 오랫동안 고민해서 결정했으니 엄마도 우리 의사 받아들여 주면 좋겠어."

"그래도 마음 바뀌면 한 명쯤…."

"마음 바뀔 일 없어. 오래 고민해서 내린 결정이야."

이미 큰딸이 아이 없이 살고 있으니 막내딸이라고 다르게 대우할 이유가 없었던 엄마는 시원하게 말 한마디 못 하고 우리의 딩크 선언을 받아들였다. 남은 코스는 시부모님이었다. 시부모님에게 우리 의사를 전하는 것은 우연히 진행됐다. 어느 여름, 시어머니에게 전화가 걸려왔다. 시어머니는 용건을 풀어놓은 뒤 지나가는 말로 자녀 이야기를 꺼내셨다.

"올해 아이를 낳으면 황금 돼지란다. 이왕 낳을 아이인데 좋은 사주 갖고 태어나게 해주면 좋잖니?"

황금 돼지 사주를 소재로 시어머니가 은근한 출산 압력을 넣으셨다. 나는 이때다 싶어 우리 얘기를 전했다.

"아니요, 어머니. 저희 애 안 낳을 거예요. 그렇게 정했어요."

며느리의 갑작스러운 선언에 시어머니는 떨리는 목소리로 겨우 대답하셨다.

"아니, 왜? 어떻게 아이를 안 낳아…."

그동안 고민한 긴 시간과 주제를 전화로 다 털어놓을 수도 없고, 전에도 돌려 말씀드리긴 했지만 갑작스레 온

연락에 딩크로 살겠다고 확실히 선언하는 바람에 나 역시 당황하긴 마찬가지였다. 그래도 횡설수설하며 속내를 전하기 시작했다.

"아이 낳는다고 누가 24시간 매달려 키워줄 것도 아니고, 저는 전업주부 죽어도 못 해요. 신랑 외벌이 시키고 싶지도 않고요. 일단 저희 둘 다 애 낳아서 키우고 싶은 마음이 없어요."

파들파들 떨다 못해 울먹이는 목소리로 시어머니는 한 가지를 더 물으셨다.

"너네 혹시 우리가 결혼 반대했던 것 때문에 그래?"

사실 시부모님이 결혼을 혹독하게 반대하는 바람에 언젠가 아이를 낳아도 시가에 데려가지 않겠다고 이를 간 적이 있었다. 하지만 딩크를 마음먹은 이유 중 5% 정도에 해당하는 그 이유를 울먹이는 시어머니에게 꺼낸다면 이 모든 상황이 100% 두 분 탓이 되고 만다. 그쯤에서 나는 적당히 말을 얼버무려야 했다. 아마 전화를 끊은 뒤 시어머니는 얼마쯤 더 우셨을지 모르겠다.

그 뒤로 시부모님은 우리를 만나도 아이 얘기를 거의 꺼내지 않으셨다. 어쩌다 시아버지가 언급해도 시어머니가 웃으며 말을 마무리하셨고 아이 문제로 부담을 주거나 묘한 분위기를 만들지 않으려 애쓰셨다. 출산하지 않겠다는 자녀의 선언을 두 번 들은 친정 엄마와 달리, 당연한 수순처럼 손주를 기다렸던 시부모님은 우리의 딩크 선언을 받아들이는 데 더 많은 품과 시간이 필요하셨을 거라 짐작할 따름이다.

그런 시간을 겪으며 나와 남편이 내린 결정이 가족들의 마음에 비수가 될 수도 있다는 점을 알았고, 결정을 전하는 말을 꺼내면 그에 상응하는 말을 돌려받아야 한다는 점도 깨달았다. 또 '낳는다'는 행위의 주체로서 내가 남편보다 양가에 입장을 전할 때 조금 더 곤두서거나 혹은 조금 더 미안해진다는 아이러니도 마주해야 했다.

가족계획에서 자녀의 유무를 결정하는 건 우리 부부의 권리이다. 하지만 우리가 적을 두고 있는 사회는 부부의 가족계획에 다른 가족 구성원들이 힘을 행사하는 곳이다. 가족계획의 처음부터 끝까지 부부의 선택만으로 채울 수 없기에 아직 우리는 누군가 앞에선 말수가 적어지기도, 한없이 조용해지기도 한다.

막장 드라마에서 보듯 자손과 대에 집착한 어른들이 펄펄 뛰는 광경은 없었지만 우리 부부의 딩크 선언은 양가 부모님을 비롯한 주변 어른들이 조금씩 무너지듯 현실을 인정하는 과정과 기다림이었다. 그게 내내 마음이 아프고 미안한 건 여전히 '여성'이자 '며느리'라는 틀에서 벗어나지 못한 나의 한계이기도 하다.

얼마 전 확인 작업이라도 하듯 우리 부부의 딩크 선언을 시부모님에게 강조한 적이 있다. 의도한 바는 아니지만 내가 라디오 방송에 출연했다가 딩크족으로서의 생각을 설명한 부분이 있었다. 녹음을 마치고 나서 딩크 이야기를 했다는 걸 깜빡 잊고 시어머니에게 방송 일정을 말씀드렸는데, 이미 알고 있던 사실을 방송으로 다시 한번 듣게 된 시어머니가 후에 슬쩍 지나가는 말씀을 하셨다.

"라디오 듣다가 얼마나 깜짝 놀랐는지 몰라!"

그리고는 우리 집 반려견 모카를 쓰다듬으며 웃음 섞인 한 마디도 덧붙이셨다.

"너희가 아이를 낳을 줄 알았더니 개를 키우는구나."

이제는 웃으며 말씀하시는 시어머니지만 아들 내외의 무자녀 계획을 받아들인 어떤 순간을 겨우 넘기셨음을 알기에 내 마음의 밑바닥엔 긴 파동이 일었다. 시부모님은 우리에게 그렇게 어렵다는 '존중'을 선물해주셨다. 그러니 우리 부부 역시 부모님에게 '존경'이라는 화답을 드릴 수밖에 없는 것이다.

# 효도에 대하여

자신 있게 사랑했노라 말할 수 있는 몇 안 되는 사람 중 외할머니가 있다. 무뚝뚝하지만 속은 뽀얀 한지처럼 말끔했던 할머니. 지금은 세상에 안 계신 할머니가 살아계실 적 명절이면 하시던 말씀이 있다.

"손주 하나 떡하니 낳아 시부모님께 안겨드려야지."

텍스트로 적어 옮기니 실제 들었던 것보다 좀 더 강하게 느껴지지만 작고 처진 눈의 할머니가 다정하게, 그것도 투병 중인 상태로 그런 말씀을 하시니 나는 늘 웃어넘겼다. 그런 상황에서까지 내 소신을 표현한답시고 이러쿵저러쿵하느니 할머니 말을 잘 듣는 손녀가 되고 싶었나 보다.

할머니의 말은 나름의 근거가 있었다. 결혼을 반대한 시부모님과 내가 서먹한 사이라는 걸 아셨던 할머니는 그 서먹함을 단번에 해결할 효도 비법으로 출산을 권장하신 거였다. 방싯방싯 웃는 아기 얼굴을 보고 누가 쓴소리를 하고, 몹쓸 짓을 하겠냐는 고심이었으리라. 자식을 여럿 낳으라는 것도 아니고 그저 손주 하나만 떡하니 낳는다면 어렵사리 결혼한 역경이며 서로 생채기 냈던 세월이 설설 녹아버릴 거라 기대하셨던 할머니는 끝내 나를 통한 증손주를 못 보고 돌아가셨다. 더 오래 사셨다 해도 만나볼 수 없었을 증손주를 말이다.

살면서 종종 할머니의 말이 떠올랐다. 그런 말을 어찌 할머니에게만 들었을까. 명절이면 만나는 친척이나 인생 선배 노릇을 하고 싶은 주변 사람들에게서 적잖이 듣곤 했다.

"일단 애 하나 낳으면 시부모하고는 다 잘 풀린다."

"손자 낳아주는 게 최고의 효도지."

대강의 사정을 아는 친구들도 내게 그런 말을 어렵지 않게 건네곤 했다.

"일단 하나 낳아봐. 시부모님이 아주 껌뻑 죽을걸?"

"손주 낳아주면 재산도 좀 넘겨주고 그러시겠지."

할머니 앞에서는 그저 웃으며 넘길 수 있었지만 다른 사람들에게 들으면 영 찜찜했고, 기분 나쁜 기색을 얼굴에서 숨길 수도 없었다. 언제부터 효도와 출산이 같은 뜻이 된 걸까? 사람과 사람의 관계를 좋게 만드는 데 왜 꼭 다른 사람을 낳아야 할까? 할머니의 애정 어린 잔소리와 달리 타인으로부터 듣는 흔한 참견은 뒷맛이 썼다.

사회 통념상 효도와 출산이 결이 같다고 하더라도 설명되지 않는 부분이 있다. 아이를 낳아서 시부모와 며느리 혹은 자식의 사이가 좋아진다면 아이를 셋이나 낳은 우리 엄마와 친할머니의 관계는 도대체 왜 그랬으며, 이 나라 수많은 가정에 세대 갈등이 왜 존재하는 걸까. 딩크족이 희박했던 부모님 세대는 우리를 낳았으니 조부모 세대와 살갑고 다정하게 살았어야 했다. 하지만 우리가 봐온 가족들의 모습이 어찌 따스하기만 했을까?

그런데 사람들은 자꾸 일생일대의 모험인 자녀 출산으로 효도를 하라고 쉽게 조언한다. 그 엄청난 발언을 장담까지 한다. 애를 하나 낳는 게 자식 된 '도리'라고도 한다. 도리는 사람이 행해야 할 바른길이며, 효도는 부모를 잘 섬기는 일이다. 다시 말해 아이를 낳는 게 자식으로서의 바른길이고 그래야 부모를 잘 섬기는 것이라 한다.

공감할 수 없는 말들은 모두 모아 종량제 봉투에 담아 탁, 소리 나게 밀봉하고 싶다. 무엇 하나 마음에 와닿지 않는 도리와 효도라는 명분으로 출산을 권장하는 말들은 재활용조차 안 되는 무의미한 말들이다. 또 부모를 잘 섬겨야 한다는 효도라는 말에 더 이상 절감하고 실천할 마음이 들지 않는 이유도 있다. 낳아주고 키워준 세월에 대한 고마움을 반드시 '효도'라는 이름으로 어른을 떠받드는 방식으로 치러야만 한다면, 그것을 원치 않는 출산까지 하면서 부모를 섬겨야 한다면 누군가의 자녀로 태어난 게 버거울지도 모른다.

부모에게 키워준 세월에 대한 고마움을 표현하려면 사회에서 떳떳하게 성취하는 모습을 보여주는 것, 건강하게 웃으며 사는 것, 즐거운 순간을 함께 공유하는 게 더 확실한 효도라고 믿는다. 그런 효도라면 얼마든지 할 수 있다. 부모님 생신 때 맛있는 식사를 함께 하고, 서로의 근황을 궁금해하는 것이 효도다. 여행지에서 부모님 생각이 나서 선물이라도 마련하면 효도다. 어쩌다 부모님이 앓고 계시는 시름을 들어보고 공감하며 위로의 말이라도 할 수 있다면 그 역시 효도다. 효도는 내 일상을 송두리째 바꿔버리는 출산이 아니어도 얼마든지 할 수 있는 가족 간의 따뜻한 연대다.

그런데도 한번씩 스스로 궁금한 게 있다.

'손주를 꼭 하나 낳으라고 하셨던 할머니에게 나는 어떤 손주였을까?'

누가 뭐라 평가하든 떳떳하게 살았고, 목표로 삼은 것을 하나씩 꿰어가며 증명하는 삶을 살았다. 하지만 할머니에게는 그저 자식도 안 낳고 불안정하게 사는 손녀였을 것이다. 할머니에겐 어쩌면 나는 불효자식이었을지도 모르겠다.

할머니는 내게 너무나 아득한 어른이어서, 한번도 묻지 못한 말들이 있다. 손주를 떡하니 낳아 시부모님 품에 안겨드리라는 고루한 말씀을 하실 때 되묻고 싶었지만 속으로 삼킨 말들이 있었다.

'할머니는 어땠어? 5남매 키우느라 많이 힘드셨지? 할머니 관절이 다 닳아 없어질 정도로 고생했으니 당연히 힘들었겠지. 그런데도 나한테 아이를 낳으라고? 할머니, 나는 그렇게 못 해. 그런 거대한 절차로 효도를 하는 건, 세상에서 가장 버거운 방법으로 시가와 연대하는 건 내가 원하는 삶이 아니야. 미안해, 할머니. 내가 다른 사람은 몰라도 할머니한테만큼은 불효를 하는 것 같아.'

할머니는 조금 더운 계절에 돌아가셨다. 장례를 치르던 날 하늘은 새파랗고 높았다. 바람도 잘 불었다. 시커먼 상복이 갑갑했던 그 계절의 감각은 잊히지 않는다. 그래서 조금 더운 계절에 바람마저 잘 부는 날이면 저 넓은 하늘 어느 구석에서 할머니가 나를 보며 또 부질없는 걱정이나 하진 않으실지 마음이 쓰인다. 그렇지만 나는 어쩔 수 없이 할머니 입장에서의 불효를 실천하고 있고, 시부모님을 비롯한 어르신들과 두루뭉술 잘 지내는 내 방식대로의 효도를 실천하고 있다.

## 우리 집엔 가장이 없어요

"그래도 집안의 가장인데."

옛날 드라마를 보면 가족 중 아빠나 할아버지 같은 남자 어른을 두고 걱정스러운 논의를 할 때 저런 대사가 나오곤 했다. 가장이라. 가장은 한 가족 또는 한 집안의 어른이다. 우리나라의 전통적인 가부장제는 부계제이므로 항렬이 높고 나이가 많은 남자가 주로 가장이었다.

나 역시 전통적인 가부장제가 존재하는 가정에서 태어났으므로 집에는 반드시 가장이 있었다. 어느 집이나 그렇듯 아빠가 가장이었다. 그리고 나의 아빠, 가장은 가족 구성원을 대표하는 웃어른이자 지휘 통솔이 가능한 막강한 권력자였다. 아빠의 한 마디에 온 가족이 말을 줄이거나 숨죽여야 했고, 명령은 반드시 따라야 했고, 때리면 맞아야 했다.

이제야 웃으며 말할 수 있는 해프닝이 하나 있다면 아빠가 운전을 할 때 나머지 가족은 말을 단 한 마디도 해서는 안 된다는 거였다. 정신 사납게 한다는 이유였다. 잡담이라도 할라 치면 아빠는 눈을 부릅뜨고 고함을 쳤다.

"아빠 운전하는데 입 안 다물어?"

차 안에서 대화는 절대 하면 안 되는 금기였다. 그러니 한나절 차를 타고 떠나야 하는 휴가가 즐거울 리 있겠는가.

아빠가 가장이 된 것은 가부장제가 말뚝 박은 이 나라에서 너무나 당연한 이치였다. 굳이 현실적인 부분을 따진다면 아빠와 엄마가 결혼할 당시 경제적 능력이 아빠에게만 있었고, 아빠는 엄마보다 열 살이나 많았다. 권력을 갖고 시작할 수밖에 없었던 결혼이었다. 현시대에도 마찬가지인데 가족이 먹고살 수 있는 주요한 힘, 즉 돈을 벌어 오는 자가 가장의 역할을 하고 대접을 받는 가정이 적지 않다. 돈을 버는 자가 웃어른이 되는 우습기 짝이 없는 이 사회가 너무 고질적이어서 모든 가정에 비난의 화살을 돌릴 수야 없지만, 경제적 능력이 막강한 자의 목소리가 큰 건 자본주의에 사는 내가 어찌할 수 없는 노릇이다.

　아무튼 부모님의 시작은 그러했지만 시간이 차츰 흐를수록 경제적 능력으로 인한 가장의 역할은 아빠가 아닌 엄마에게 기울었다. 애초에 아빠는 돈 버는 능력이 떨어져도 너무 떨어지는 사람이었다. 직장에서는 동료들과 툭하면 싸움을 일으켰고 친하게 지내는 사람도 없었다. 사업체를 꾸렸지만 번번이 부도수표나 받아 오는 바람에 그 수금도 엄마가 다녔다. 외할머니의 적극적인 지원이 없었다면 우리 다섯 가족은 깡통 하나씩 쥐어 들고 길바닥에 엎어져 있었을지도 모른다.

　그런 아빠와 달리 엄마는 돈 버는 수완이 매우 좋았다. 서른이 채 되지 않은 나이로 직접 유원지에 양궁장과 사격장을 짓고 장사를 시작했다. 유원지의 특성상 겨울에는 내리 쉬어야 하는 일이었음에도 엄마가 장사를 하면서부터 우리 집 형편은 점차 나아졌다. 장사를 접은 후에는 백화점에서 핸드백을 팔았는데 인센티브를 받을 정도로 우수 사원이었다.

　하지만 여전히 가장은 아빠였다. 아빠는 일이 없어서 늘 일찍 퇴근해 자리를 차지하고 텔레비전을 보고 계셨다. 그럼에도 무소불위의 가장이었다. 그런 가장의 기가 죽을까 봐 엄마는 아빠 지갑에 항상 현금을 두둑이 채워 주었다. 그 돈으로 아빠는 바람을 피웠다. 툭하면 "쓸데 없는 딸자식만 낳았다."라며 경제적 능력이 막강한 엄마를 구박하고, 쓸데없는 딸자식인 나를 비롯한 언니들을 때리고 냉대했다.

고작 초등학생이었던 내가 봐도 뭔가 잘못 굴러가던 그 풍경은 그저 나이 많고 남자인 누군가 가장이 되면 나머지는 숨죽여 살아야 하는 남존여비의 정점이었다. 어린 눈에 가장이란 늙고 찌질한 사람의 표상으로 보였다.

그 모습을 수십 년 동안 보고 자란 내가 결혼을 한다 해서 집안에 가장을 세울 리는 없었다. 성인으로서 스스로를 감당하며 사는 마당에 결혼한 상대가 나보다 나이가 많거나 남성이라 해서 가장이라는 자리에 앉혀주고 살뜰히 보필할 생각이 눈곱만큼도 없었다. 나와 배우자가 동등한 입장에서 각자에게 소중한 직업을 영위하고 서로 배려하며 돕고 응원하며 살고 싶은 미래에 가장은 '따위'의 것이었다.

남편은 나와 생각이 같은 사람이었다. 그는 결혼한 뒤 남성인 자신이 가장이 될 수 있다는 생각이 애초에 없었다. 자신이 집안의 어른이자 대표하는 사람으로 군림하길 원치 않았고, 누군가 권유한다 해도 못마땅해할 심성이었다.

또 하나 우리가 일치한 면이 있다면 돈벌이였다. 과거 경제적 능력을 갖춘 남성이 가장이자 웃어른이 되고 어쩔 수 없이 독박 육아를 하는 여성이 아랫사람처럼 살아야 했던 구습이 우리 부부에겐 너무 안 맞는 옷이었다. 나는 가장이란 이유로 무거운 돈벌이의 멍에를 남편에게만 지우고 싶지 않았다. 남편 역시 돈을 벌어 오는 배우자에게 무조건 기대어 사는 여성을 탐탁지 않아 했다.

우리 부부는 서로에게만큼은 책임감 있게 살고 싶었다. 각자의 영역에서 돈을 벌되, 그 액수가 얼마든 즐겁게 일하며 사는 데 의미를 두기로 했다. 간혹 둘 중 한 명이 퇴직을 하거나 예기치 못한 상황에서 일을 못 하더라도 가정이 무너지지 않을 정도로 서로를 지탱해 주자는 약속이었다. 그래서 내가 회사를 그만두고 프리랜서로 나설 때 남편은 세상 누구보다 든든한 응원군이었다. 남편이 이직할 때도 경제적인 계산 때문에 망설이거나 가슴 졸이지 않고 자유롭게 선택할 수 있었던 배경 역시 나의 경제활동이 있어서였다.

하지만 우리 부부의 이런 선택은 아이가 없었기에 가능했음을 진즉에 알고 있다. 우리 사이에 나날이 커가는 아이가 있었다면 남편이 회사를 옮기는 그 자유가 지배를 받고, 취재를 다니고 글을 쓰며 일하는 지금의 나는 존재하지 않았을 터다. 매 순간 책임져야 할 아이라는 존재가 없어서 아이러니하게도 우리 부부는 서로에게 책임감 있는 가장이 되어주는 게 아닐까.

얼마 전 근처에 사는 친한 동생을 만났을 때, 동생이 작은 고백을 했다.

"언니, 저 실은 공시생이에요."

전업주부로 아이를 키우며 사는 동생은 천천히 공무원 시험을 준비하고 있다고 했다. 당장 합격하지 않아도 괜찮으니 차분히 준비해 아이가 학교에 입학하면 자신도 다시 사회로 돌아갈 준비를 한단다. 그러면서 외벌이인 남편이 자신이 공부한다는 사실만으로도 좋아한다고도 덧붙였다.

"당장 돈을 벌어 오지 않아도 언젠가 남편에게 든든한 언덕이 되어줄 수 있다는 게 저도, 남편에게도 좋은 것 같아요."

그 마음을 어찌 모를 수 있을까. 부부란 서로에게 의지가 되면서도 가슴 한편에는 서로에게 부담이 되지 않을까 고민하는 존재라는 걸, 상부상조의 진정한 의미를 이해하는 관계야말로 부부라는 사실을. 그 이치를 너무나 깊이 받아들이기에 국민에게 모두 주어지는 참정권처럼 동등한 권한을 행사하며 오늘을 살아가고 있다. 덕분에 우리는 가장이라는 무게 추로 인해 서로를 미워하는 대신 균형 잡힌 부부의 세계를 쌓아나가는 중이다.

2장 · 딩크족을 가만두지 않는 세상

# 아이 없는 프리랜서

........................................................................

프리랜서 작가 겸 기자로 일한 지 올해로 5년 차. 이제는 주변에서 내가 딩크족인 것도, 프리랜서인 것도 다들 알고 있어서 별다른 말이 없지만, 정규직 생활을 정리하고 프리랜서가 될 무렵에 숱하게 들은 얘기들이 있다.

"프리랜서 시작하려는 거 보니 임신 준비하나 봐?"

"집에서 애 보면서 편하게 돈도 벌고 얼마나 좋아?"

프리랜서가 되겠다고 결정한 이유에 출산과 육아의 영향은 티끌만큼도 없었음에도 대부분의 사람들이 비슷한 반응을 보여 흠칫하고 말았다.

'도대체 다들 프리랜서라는 직업 형태를 어떻게 생각하는 거지?'

'프리랜서'라는 이름에 하필이면 자유free라는 어울리지 않는 단어가 들어가는 바람에 사람들은 내가 늦잠 자고 일어나 브런치를 먹으면서 하루를 시작하고 시끌벅적한 카페에서 노트북을 켜고 타닥타닥 타자 치며 일하는 것으로 오해하는 경우가 많았다.

나는 서재에서 노트북과 더블 모니터를 두고 일한다. 긴급한 일이 발생하지 않는 한 노트북 한 대 들고 카페에서 일하는 것만큼은 오히려 불편해서 피하고 싶다. 평소에는 아침 일찍 일어나 세수만 겨우 하고 자리에 앉아 해가 질 때까지 손목이 부서져라 일한다. 점심 식사에 긴 시간도 들이지 못한다. 취재가 있는 날은 온종일 집밖에서 생활한다. 오죽하면 기차든 버스든 머리만 대면 쿨쿨 자고, 기차역 화장실에서 양치질하는 게 몹시 익숙하다. 업무용 백팩에는 최소한의 생필품을 항상 챙겨 다닌다. 그렇다고 해서 겪어보지 않으면 모를 내 직업의 실상을 모두가 알아주길 바라진 않는다.

하지만 '여성 프리랜서=육아맘'이라는 공식은 내내 불쾌했다. 프리랜서로 일하게 된 계기는 조직 생활에서 더는 행복할 수 없는 내 기질과, 유연한 시간 조절로 잃어버렸던 건강을 되찾고 싶어서였다. 그런데도 하필 30대

중반에 회사를 그만두는 내게 사람들은 모든 걸 알만 하다는 듯 고개를 끄덕이며 이제라도 애를 키우기 위해 프리랜서를 시작했냐는 시선과 질문을 무수히 던졌다. 그래서 프리랜서로 전환하게 된 진짜 이유를 털어놓으면 조금은 의아해하거나 내 계획에 없던 임신을 상상하기도 했다.

"임신 생각해서 프리랜서 하는 거 아니었어요?"

"애도 안 낳을 건데 굳이 프리랜서 해야 되나?"

대한민국에서 태어나 지금까지 살아왔음에도 이런 질문을 들으면 나 홀로 다른 세상을 사는 것 같다. 어째서 프리랜서의 삶이 곧 아이를 키우는 삶과 동일하거나 교집합으로 평가되는 건지 이해할 수 없었지만, 다수의 사람들은 그렇게 상상하고 있었다.

여기서 질문이 확장되기도 한다. 아이 없는 전업주부, 육아를 하지 않는 전업주부에 대한 시선이다. 언젠가 전업주부인 지인이 고양이를 키우는 사람들의 모임에 나가서 왜 애가 없는데 일을 하지 않느냐는 질문을 들었다고 했다. 내가 프리랜서면서 왜 아이를 낳지 않느냐는 질문을 들었듯, 지인은 그곳에서 아이도 없으면서 전업주부인 별종이 되고 말았다. 내가 직접 들은 질문이 아니었음에도 그 이야기를 듣고 집에 가는 내내 해답 없는 질문이 따라붙었다.

'사람이 경제적 벌이를 하는 기준이 육아일까?'

그렇다면 지금 돈벌이를 하지 않는 일정 나이대의 성인은 무조건 아이를 키워야 하는 걸까? 돈벌이를 하지 않는 사람이라면 그 공백을 메꾸기 위해서라도 아이를 낳고 키워야 하는 걸까? 많은 사람들이 정말 그렇게 생각한다면 신체 구조상 출산을 맡아야 하는 여성은 둘 중 하나를 선택해야만 한다. 아이를 낳고 전업주부가 되거나, 아이를 낳지 않는 대신 끊임없이 돈벌이를 하거나. 아이를 낳고도 돈벌이를 하는 사람도 많지만 반드시 한 가지를 선택해야 한다면 둘 중 하나다.

사실 어떤 사유 없이 일을 하지 않는 사람은 나도 썩 반가운 마음이 들지 않는다. 흔히들 '빨대를 꽂는다.'라는 비아냥거림의 대상이 되는 이들이 있다. 목표도 목적도 없이 집에 누워 잠만 자고 텔레비전만 보면서 육아와 가사의 책임까지 타인에게 떠밀고 싶어 하는 사람들이다. 책임은 싫다면서 밖에 나가 소비를 하고 유희를 즐기고 경제적 부담은 모조리 배우자에게 지우는 사람은 성별과 관계없이 어디에나 존재한다. 부부는 운명 공동체

임에도 불구하고 부담의 무게가 기울어진 부류의 생활방식은 마땅치 않거니와 가까이 지내고 싶지 않다.

하지만 돈을 벌지 않는다고 해서 돈벌이에 상응하는 대가로 출산과 육아를 해야 한다는 인식은 결이 다르다. 돈을 벌지 않기 때문에 아이를 낳고 키워야만 인정받을 수 있는 삶에서 존엄을 찾을 수 있을까. 돈을 벌지 못한다면 애라도 키워야 한다며 의무감으로 사는 게 과연 사람으로서, 주체적 사고를 하는 성인으로서 존중받는 삶일까.

비슷한 맥락에서 내가 출퇴근하지 않은 채 프리랜서로 일한다는 이유로 가사를 떠맡아야 하고, 딩크를 선택한 이유가 사라지는 것도 아니다. 직업의 형태와 출산의 선택은 별개다. 누군가의 업무 방식을 애 키우기 좋다느니, 시간이 넉넉해서 당연히 애 낳을 줄 알았다느니 함부로 판단해서는 안 되는 것처럼 자녀의 유무로 타인의 삶을 쉽사리 재단할 수는 없다.

프리랜서로 일하든 전업주부든 맞벌이든 외벌이든 돈벌이를 선택하는 기준에 자녀의 유무를 잠시 지워보자. 자녀의 유무에 따라 전업주부를 옳다, 그르다 평가하고 맞벌이와 외벌이를 비교하는 대신 주체적 사고를 가진 성인으로서 선택한 삶의 방식을 바라보는 것이다. 그렇게 바라보기만 해도 우리는 오롯한 한 사람을, 한 가정을, 소중한 개인의 말간 얼굴을 만날 수 있다.

# 애를 안 낳아봐서 모른다고?

．．．．．．．．．．．．．．．．．．．．．．．．．．．．．．．．．．．．．．．．．．．．．．．．．．．．．

　아파트 주민들이 모인 온라인 카페에 가입돼 있다. 단지 내 시설의 보수 소식이나 공지 사항이 이따금 뜨는 곳이라 새 글이라고 해봐야 한 달에 한번 올라올 정도다. 무심하게 방치한 상태로 가입한 것도 까맣게 잊은 채 지내다가 얼마 전 1년 만에 들어가 봤다.

　그동안 내가 사는 곳에 무슨 일이 있었는지 궁금했는데, 가장 위에 등록돼 있고 가장 많은 댓글이 달린 글을 발견했다. "아파트 이미지 개선"이란 제목으로 올라온 글의 내용은 아파트 단지 안에 물놀이터를 만들자는 것이었다. 요약하자면 다른 아파트들에 대응해 이미지를 개선하고 아파트 가치를 높이기 위해 아이들이 이용하기 좋은 물놀이터를 단지 내에 만들자는 거였다.

'물놀이터가 웬 이미지 개선?'

글쓴이의 말은, 이 아파트에 자신처럼 아이를 키우는 부부가 많은데 아이들이 즐길 거리가 마땅치 않고, 여름철에 아이를 키우려면 단지 안에 수영장이 필요하다는 거였다. 이 아파트에 사는 모든 주민을 알지 못하지만 내 경우 우리 집과 옆집, 아랫집, 윗집만 해도 다 큰 성인들만 살고 있다. 그래서 대다수가 아이를 키우는 것을 전제로 올린 의견에 쉽게 동의하기 힘들었다. 게다가 물놀이터가 있는 아파트 단지에 방문해 본 경험에 비춰보자면 놀이터 주변이 접근하기 어려울 정도로 물 천지가 되고 소음이 심해지는 통에 반가운 의견은 아니었다. 하지만 사람은 본래 자신의 입장에서 생각하기 때문에 글쓴이는 그럴 수 있겠구나 조금은 수긍이 갔다.

그런데 댓글 창이 난리였다. 누군가는 글쓴이를 '맘충'이라 모독했고, 누군가는 그 댓글에 "애 안 낳아봐서 모르는 것 같다."라고 되받아치기도 했다.

'엄마들이 무슨 말만 하면 맘충이래. 애 안 낳아서 모른다는 말까지. 정말 너무들 하네.'

나와 몇 미터 떨어진 곳에 모여 사는 사람들의 마음씨

가 고작 이 정도였다니. 사실 "애 안 낳아봐서 모른다."
는 말을 한두 번 들어본 건 아니었다. 딩크를 선택한 내
게 아이를 가진 친구들이 한번씩 걱정스럽다는 듯 돌려
말하곤 했다.

"애를 키워봐야 진짜 행복을 알지. 그건 정말 낳아봐
야지만 알 수 있는 거야."

"너 정말 애 안 낳을 거야? 그러다 나중에 후회하면 어
쩌려고?"

밝게 웃는 자신의 아이를 보며 "애 없었으면 어떻게 살
았을까 몰라."라며 사랑스러움을 드러내는 친구들의 감
정은 충분히 이해하고도 남았다. 아이를 낳아 키우려면
그만큼, 혹은 그 이상의 사랑과 인내가 있어야 가능하니
말이다. 하지만 이런 생각이 들었다. 아이를 낳고 행복한
사람이 있다면 아이를 낳은 결정을 후회하는 사람도 있
지 않을까? 이런 감정은 상대적이어서 단정 지어 말하는
것이 모순으로 다가왔다.

처음 본 사람도 애를 안 낳아봐서 모른다는 모호한 감
정을 내게 말한 적 있다. 미혼이던 시절, 병원에서 네댓
살 된 아이가 하도 내 무릎을 손뼉으로 치고 발을 밟고 난
리를 치는 통에 아이 엄마에게 조심해 달라고 말했다. 그

런데 내게 돌아온 것은 아이를 낳은 이의 상황과 감정에 공감하라는 강요였다.

"아가씨도 아이 낳아봐. 아직 애를 안 낳아봐서 잘 모르나 본데 애들은 원래 이래. 애 낳으면 이런 게 다 이해된다고."

출산을 하면 '아이는 원래 이러니 괜찮다'는 세계관이 저절로 생겨나는 걸까? 물론 아이들은 대부분 소란스럽다. 그렇게 커가는 존재이니 이해해야 하지만, 그것도 모르냐며 몰아붙이는 말은 아이가 없는 이에겐 공감도 이해도 할 수 없는 무심한 잣대에 불과했다. 게다가 일면식 없는 사람에게 면박을 줄 만큼 철옹성인 태도로 얘기하니 나는 더욱 아이와 멀어질 뿐이었다. 자신을 옹호하는 엄마의 말투를 감지했는지 내 발을 신나게 밟고 내 무릎에 손뼉 장단을 치던 아이는 엄마에게 매달려 당당하게 나를 노려보고 있었다.

'충'이라는 말이 언제부턴가 혐오의 대표 언어가 됐고, 그 낙인이 찍힌 집단과 그들을 싫어하는 집단 사이의 갈등은 말도 못 한다. 이렇다 보니 같은 엄마들끼리도 서로를 모두 이해하고 존중하지는 않게 되었다. 오히려 싫은 소리를 들을까 봐 행동을 조심하고 자녀를 돌보는 엄마들이 대부분이다. 그런 내색에 맘충이라 불리는 이들도 야박하다고 화를 내긴 마찬가지다. 그러나 아무리 미운 짓을 해도 사람이 벌레라는 비난까지 받아야 할 일이 얼마나 될까. 다만 그들의 논조에 "애를 낳아봐야 안다."라고 당당하게 굴 심산이 있다면 나 역시 그들을 맘충이라고 하지 말라며 옹호하기도 애매한 마음이 든다.

애를 키워보지 않아서 모른다는 감정은 하나로 정의할 수 없는 복합적인 것이다. 정말 낳지 않으면 모른다. 경험은 아주 원시적이며 강력한 학습 방법 아닌가. 애를 낳은 경험이 없다면 낳아본 이들의 감정을 100% 이해할 리 만무하다. 그렇다면 반대로 나 역시 물어볼 수 있겠다.

"애를 낳아봐야 안다는 그 마음이, 스스로를 애를 낳지 않은 사람보다 확실히 좋은 사람으로 만들어주나요?"

애를 낳아야 정말 행복한지는 아무도 알 수 없다. 기대한 것과 다를 수도 있다. 육아로 인한 피로와 고통이 더 크다고 토로하는 이들을 수없이 봐왔고, 육아 문제로 부부 사이가 걷잡을 수 없이 벌어지는 경우도 많이 보았다. 그럼에도 행복을 느끼기도 할 것이다. 아이를 낳아 부부가 돈독해졌다는 경우도 많다. 그러나 부부 사이에 행복할 방법이 오로지 아이뿐이라고 생각한다면 착각이다.

내게는 가치의 우선순위가 아닌 출산과 육아가, 누군가에게는 세상의 조화를 이해하고 단란한 가정의 기준이 되며 매일 새로운 인생의 기쁨일 수 있다. 아이를 낳음으로써 자신이 더욱 성장하고 어른에 가까워졌음을 느꼈다는 이야기도 자주 들었다. 그러니 낳기만 하면 알 수 있는 건 없다. 출산과 육아를 어떻게 받아들이고 실천하는가에 따라 깨달음이 있지, 낳아야만 알 수 있는 세상의 이치는 애초에 없다. 자신의 행복을 '애를 낳아야 업그레이드'되는 것으로 여길 때 오히려 '충'이라는 표현에 상처받지 않을까.

한때 즐겨 읽었던 어느 작가의 에세이가 있다. 출산과 육아 이야기를 재미있게 풀어내 좋아했는데 어느 날 읽은 글 한 편이 마음에 탁 걸렸다. 아이들을 데리고 탔던 택시에서 기사가 무례하게 굴어 한마디 했다는 내용이었다. 그런데 하필이면 그 한마디가 내가 가장 듣기 힘들어하는 '애 안 낳아봤냐'는 공격이었다. 언행이 거친 택시 기사에게 "아저씨는 손자가 없냐, 자식을 키워보지도 않으셨냐."라며 쏟아부었다는 글을 읽다가 그만 화면을 껐다.

함부로 말한 택시 기사가 잘못했지만 정말 그가 손자가 없고, 자식을 키워본 적이 없을까. 반대로 아이를 키우고 손자까지 본 사람은 자녀를 데리고 이동하는 이들을 무조건 이해하고 따뜻하게 보듬어줄까. 결코 아닐 것이다. 욕설을 하고 무례하게 군 건 그 택시 기사가 아이를 키워봤건, 안 키워봤건 상관없이 그의 품성 문제다. 아이 있는 택시 기사라고 모두 너그럽고 예의 바르지 않다는 걸 이미 수없이 겪어보지 않았나. 아이를 낳아봤으니 알지 않느냐는 공감의 요구와 답답한 대응, 억지스러운 정당화에 결국 구독을 끊었다. 단편적인 글 하나였지만 그조차 이해하기 힘드니 다른 글 역시 재밌게 읽을 수 없었다.

"애를 안 낳아본 사람은 모른다."라는 말은 이기적인 방어법이다. 물론 낳지 않아서 모르는 게 많다. 출산과 육아로 인한 뼈저리는 고통을 나는 알 수 없다. 자녀의 사교육비가 얼마나 들기에 다들 그리 힘들어하는지, 아이를 키우면서 왜 그토록 자유를 갈망하는지 짐작은 해도 깊이 이해하긴 어렵다. 반면 아이를 낳아본 사람은 "애를 안 낳아본 사람은 모른다."라는 말이 마찬가지로 자신의 한계를 드러내 보이는 언행이라는 점을 깨닫기 어려울 것이다. 애를 낳은 모두가 득도하여 세상의 모든 이치를 깨닫고, 사람들에게 너그러워지며, 매일이 기쁨과 행복으로 충만해지지는 않는다.

모든 삶은 기쁨과 행복에 고통과 분노가 뒤섞여 종잡을 수 없는 내일이 새롭게 도착하는 연속이다. 애를 낳는 것은 인생에 추가되는 또 다른 경험 중 하나다. 애를 낳든 안 낳든 우리는 타인의 마음과 사고방식을 평가할 수 없다. 출산의 경험이 인간의 존재와 정체성을 확인하는 무기가 될 수 없다는 것만은 분명하다.

# 미신과의 싸움

우리 집에는 반려견이 있다. 그래서 종종 정보를 얻고 자 들어가는 커뮤니티가 있다. 게시판을 둘러보던 중 어 떤 글을 보게 됐다. 자신이 키우는 강아지를 중성화시켜 야 할지, 아니면 새끼를 한번 낳게 해야 할지 고민이라 는 글이었다. 새끼를 한번 낳게 해주고 싶다는 이유는 '출산을 한번 해봐야 건강하다'는 말을 들었기 때문이라 고 했다.

'이 말 어디서 들어봤는데? 누구였더라?'

곰곰이 생각하다 떠올랐다. 옛 직장 동료였다. 내 또 래였는데 별 뜻 없이 지나가는 말로 그런 말을 한 적이 있었다.

"여자는 애를 한번 낳아봐야 건강하대요. 우리 몸에 있는 장기는 사용하지 않으면 오히려 나중에 큰 병이 온다더라고요."

당시에는 나를 포함해 그 자리에 있던 모두가 미혼이었기 때문에 고개를 끄덕이며 넘겼다. 어디서 풍문을 들었으려니 할 정도의 가벼운 말이었다. 하지만 지나고 나서 떠올려 보니 이건 미신일 뿐이었다.

산부인과 전문의가 아니니 이러쿵저러쿵 설명할 수는 없다. 하지만 상식적으로 생각해 보건대 장기를 사용하지 않아 큰 병이 올 것을 예방하기 위해 아이를 낳는 것은 앞뒤가 안 맞다. 애를 한번 낳아야 질환 없이 잘 산다는 근거 없는 소리를 믿고 '그래, 한 명쯤 낳아보자.'라고 마음먹는 내 모습은 아무래도 상상하기 어렵다. 그렇게 아이를 낳은 뒤 훗날 아이가 성장하면 이렇게라도 탄생 비화를 들려줘야 할까.

"아이를 한번 낳아봐야 건강하다고 해서 겸사겸사 너를 낳았단다."

게다가 산부인과나 유방외과의 정기검진은 일정 연령 이상의 성인 여성에게 꼭 권장되는데, 그중에서도 출산한 여성은 필수 권장 대상이다. 출산과 모유 수유 등을 거

치며 향후 몇몇 질환이 생길 가능성이 있으니 미리 검사를 받으라는 뜻이다. 출산한 여성 중에 후유증과 각종 질환으로 고생하는 경우가 얼마나 많은지는 일일이 나열하지 않아도 숱하게 들어왔다. 장기를 사용하지 않아 큰 병이 오는 건 인과관계가 맞지 않는다. 이 말대로라면 모유 수유가 불가능한 남성에게 유방 관련 질환이 더 많이 발생해야 할 것이다.

나 같은 딩크족에게 있어 "여자는 아이를 낳아야 건강하다."라는 말은 얕게나마 흠집을 내기도 한다. 근거 없는 구설을 맹목적으로 믿으며 조언을 하는 사람들이다. 가끔 나이가 지긋하신 분들이 이런 말을 꺼낸다.

"여자는 애를 낳아야 병 없이 잘 살지."

"애도 한번 안 낳아봐서 나중에 어쩌려고 그래?"

그 말과 함께 나를 향하는 시선엔 한 가지 감정이 담겨있다.

딱함.

내 미래는 나조차 알 수 없다. 지금은 글 쓰는 사람이라도 십 년 뒤에는 다른 일을 하고 있을지 모르고, 지금 사는 동네가 참 좋지만 또 몇 년 뒤에는 어느 곳으로 거처를 옮길지 모른다. 하물며 세상의 반, 제각기 다르게 사는 '여성'이라는 커다란 군집이 아이를 낳지 않아 먼 미래에 건강이 나빠질 것을 어찌 예고할 수 있을까. 그런데도 근거 없이 말하는 이들의 눈빛에는 건강치 못해 병마에 시달리는 나의 미래를 예고하는 듯 강한 확신이 깃들어 있었다.

그렇다고 나를 딱하게 보는 눈길을 거두라고 화를 낼 수가 없다. 악의가 없다는 걸 알기 때문이다. 손에 고랑이 많이 파인 할머니뻘의 어르신이나 엄마뻘의 아주머니가 애틋하게 걱정하면서 애를 낳아야 건강하다는 망언을 펼칠 때, 그 속내에는 내 마음을 헤집기 위한 의도가 조금도 없다는 걸 알고 있다. 자신보다 어린 사람에게 등이라도 토닥이며 격려해 주고 싶고 뭐라도 도움이 되고 싶어서 그랬을 것이다. 그런 분들에게 아이를 낳아야 건강하다는 건 미신과 다를 바 없는, 근거 없는 소리라고 설명해 봐야 통하지 않는다.

언젠가 부산으로 향하던 기차 안에서 자욱한 안개 속을 뚫고 가는 차창 풍경을 보며 '아득한 게 내 미래 같다.'고 혼자 자조적인 농담을 한 적이 있다. 미래라는 것은 정말 그렇지 않나. 언제 어디서 어떻게 살지 짐작할 수 없는 내 삶이 뿌옇고 촉촉한 안개와 같아서 무엇도 확답할 수 없다. 게다가 이 촉촉함이 좋다며 들이마시는 안개 속에 무슨 종류의 화학물질과 미세먼지가 섞여있는지, 현재 숨 쉬고 있는 공기의 정체조차 알 수 없는 시대에 살면서 고작 '병 없이 살기 위해' 아이를 낳을 수는 없는 노릇 아닌가?

"애를 한번 낳아봐야 건강하대요."라고 전하던 직장동료는 현재 임신을 준비하고 있다고 들었다. 임신과 출산을 선택하지 않은 나와 달리 예쁜 아기를 기다리고 있는 그 동료에게는 이중적이지만 이 미신이 정설이 되길 바란다. 이왕 낳기로 마음먹은 아이가 찾아온다면, 아이로 인해 자신이 건강해졌다고 믿으며 소중한 자녀에게 고마움을 느낄 수 있었으면 좋겠다. 악의 없이 나를 격려해 주고 싶어 했던 어른들의 마음처럼, 험난한 임신과 출산을 선택한 이들의 마음이 조금이나마 편해진다면 이런 미신이 나쁘지만은 않을 것이다.

# 주택청약에 필요한 건 아마도 '임신'

남편과 나는 각자의 이름으로 청약통장을 하나씩 갖고 있다. 청약이 뭔지도 잘 모르던 시절, 일단 만들어두면 도움이 된다는 말에 휩쓸려 가입한 후 매달 소액의 돈을 넣고 있다. 청약통장의 쓸모는 굳이 알려고 애쓰지 않아도 조금씩 알게 됐다. 청약통장으로 번듯한 집을 마련했다는 어느 연예인의 이야기를 방송을 통해 알게 됐고, 친구 중에도 청약통장으로 아파트에 당첨됐다는 이야기가 종종 들려왔다. 적당한 잔고, 꾸준한 입금 내역, 몇 가지 조건이 잘 맞으면 시세보다 괜찮은 가격으로 내 집 마련을 할 수 있었다.

우리 부부에게 아쉬운 점이 있다면 자녀와 부양가족

이 없어 가점을 받기 어렵다는 거였다. 납입 이력만으로는 1순위다. 그런데 우리나라에 1순위만 약 1400만 명이라고 한다. 정작 당첨에 유리한 점은 무주택 기간과 자녀의 수, 부양가족 등이다. 이 조건에 맞춰 가점을 계산해 보니 우리 부부는 아주 형편없는 점수를 받고 말았다. 이런 상황에서 떨어질 가능성이 높더라도 마음에 꼭 드는 위치에 집이 들어선다면 한번쯤 청약 신청을 해볼 요량이었다. 마침 어느 설 명절, 시가에 방문했을 때 시어머니가 반가운 소식을 들려주셨다.

"예전에 너희 이모가 살던 그 동네에 대단지 아파트가 들어선단다. 올봄에 청약 신청 받는다고 하니 너네도 신청해 봐."

귀가 솔깃했다. 프리랜서로 일하는 나보다 남편의 출퇴근이 늘 걱정되다 보니 다시금 서울에 내 집 마련을 꿈꾸지 않을 수 없었다. 어차피 떨어진다 한들 손해 볼 것도 없고, 청약에서 떨어지면 다른 방법으로 이사를 고민하면 될 일이었다. 시어머니도 당첨만 된다면 시가에서 차로 15분 거리인 그 대단지에 우리가 살길 바라는 눈치였다.

"거기 살면 근처에 지하철 노선도 두 개나 있고, 공원도 가깝지. 단지 안에 이것저것 생기니까 살긴 정말 좋을 거야. 혹시 미분양 나올 수도 있으니 일단 넣어봐.”

살짝 들뜬 시어머니에게 남편은 심드렁하게 대답했다.

“넣긴 넣을 건데 아마 안 될 거야. 우린 무주택자도 아니고 자식도 없어서 가점을 별로 못 받거든. 얼마 전에 계산해 봤는데 가능성이 거의 없더라고.”

점수가 나쁘긴 해도 넣어봐서 나쁠 것 없다는 데 모두 동의한 분위기를 깨버린 사람은 시아버지였다.

“청약 신청할 때 임신하면 된다!”

시아버지 입에서 주택청약 시 임신 중이면 된다는 말이 흘러나올 때, 내 귀를 의심했다.

‘이게 무슨 소리야. 설마 주택청약 때문에 임신이라도 하라는 거야?’

시아버지는 내 생각에 못을 박듯 한마디 더 하셨다.

“지금은 애가 없어도 청약 신청할 때 임신 중인 거 증명하면 된다니까!”

주택청약 신청 기간에 맞춰 임신하면 걱정할 게 없다는 소리가 다시 시아버지의 입에서 퍼져 나왔다. 머리부터 발끝까지 소름이 돋았다. 주택청약에 당첨되기 위해 임신하면 된다는 발상이라니. 당사자인 나는 이런 소릴 듣고도 그냥 넘어가면 안 될 것 같았다. 명절의 평화를 깨고 싶지 않았지만 덮어버릴 순 없었다.

"그래도 주택청약 때문에 임신하는 건 좀 그렇지 않을까요?"

몹시 당혹스러웠지만 애써 차분하게 묻는 내 말에 시아버지는 대꾸조차 하지 않으셨다. 어차피 소용없었을 것이다. 시아버지의 가치관에는 주택청약과 부동산 수익이 매우 중요하고, 부의 축적을 위해 시기적절하게 자녀를 갖는 건 흠도 아닐 것이며, 부모로서 아들 부부에게 임신 운운하는 것을 당연하게 생각하실 테니 말이다.

그 때문에 시아버지는 악의 하나 없는 해맑은 표정으로 청약 신청 무렵에 임신하면 된다고 말할 수 있었던 거다. 나와 남편에게 어떤 상처나 스트레스를 주겠다는 의도는 조금도 보이지 않았다. 대단히 실용적인 조언이라도 주는 듯 당당한 시아버지의 말에 나는 그저 재산 증식에 필요한 도구에 지나지 않는다는 느낌을 받았다.

명절마다 시아버지에게 납득하기 힘든 이야기를 무수히 듣지만 이날은 집에 돌아가는 내내 속이 뚝배기처럼 보글보글 끓었다. 남편 역시 딩크족으로 살겠다는 우리 부부의 주장에도 불구하고 자녀를 낳으라며 눈치 주는듯한 시아버지의 언행에 짜증이 난 상태였다. 이러자고 있는 명절이 아닌데, 이런 소리나 들으려고 부지런 떨어 발걸음한 게 아닌데. 우리는 이 문제로 며칠 내내 불쾌함을 지울 수 없었다.

청약에 대한 고민과 명절의 불편한 감정은 시간이 지나고도 흔적을 남겼다. 그 흔적은 하루 이틀 시간이 흐르는 동안 시아버지에 대한 서운함과 더불어 자녀의 유무가 청약에 영향을 주는 구조에 대한 의문이었다. 애초에 자녀가 있어야만 주택청약에 유리하다는 게 역차별이 될 수도 있다는 데까지 생각이 커진 것이다.

자녀가 있으면 주택이 절실할 것이다. 아이를 키우려면 생각보다 많은 물건과 공간이 필요하다. 집을 보러 다닐 때 자녀가 있는 집과 없는 집은 가구와 집의 양이 비교할 수준이 아니었다. 자녀의 학업과 안전하게 키울 수 있는 기반 시설을 생각하면 오래도록 자리 잡고 살아야 할 집이 필요할 것이다. 그러나 자녀가 없다고 해서 집이 필요치 않고, 기반 시설과 거리가 멀어도 되는 건 아니다. 나는 자녀가 없지만 잔병치레가 많아 병원이 가까워야 하고, 강아지를 키우고 있으니 동물 병원도 가까웠으면 한다. 책을 자주 빌리니 도서관과의 거리도 가까웠으면 한다. 무엇보다 자녀가 있든 없든 모두에게 치안과 교통 편의는 중요하다. 그러니 자녀의 유무와 관계없이 보통의 사람이라면 주택청약은 관심을 가질만한 것이다.

그런데 적용되는 조건은 그렇지 않다. 통상적으로 4인 가구에 초점이 맞춰져 있기 때문에 우리 같은 2인 가구라면 불리함을 받아들여야 한다. 자녀가 있으면 가점을 주고, 자녀가 없으면 가점이 없다. 깨끗하고 편리한 새 집에서 살고 싶은 욕망은 모두에게 있는데, 자녀가 없으면 순위가 뒤로 밀리고 집은 능력껏 해결하라며 선을 긋는다. 제도에 따르면 무자녀 가정은 집을 비싸게 사든, 좁고 지저분한 곳에 살든 알 바가 아니란 식이다. 우리나라에 1인 가구와 2인 가구가 폭발적으로 늘어가고 있다는 건 말해 무엇 하지만, 정부는 유자녀 가정 중심의 '정상가족'의 틀을 고수한다.

한편 프랑스는 출산율이 계속해서 감소하자 동거 커플을 법으로 인정하는 제도인 팍스PACS를 도입했다. 그래서 꼭 결혼하지 않아도 동거하면서 아이를 낳으면 결혼한 가정의 자녀와 동일한 복지 혜택을 받을 수 있다. 삶의 방식이 다양해지고, 결혼이라는 틀에 묶이기 싫어하는 세대의 의견을 반영해 사회가 유연하게 변화한 것이다.

그렇다면 내가 사는 이 나라에서도 가정의 형태가 다양하게 변화함에 따라 삶의 기반이 되는 주택 제도를 다시 살펴봐야 하지 않을까? 삶의 형태에 사회가 맞춰도 괜찮지 않을까?

물론 팍스는 출산율을 높이기 위해 다양한 형태의 가족을 인정하는 제도이므로 무자녀 가정의 혜택을 기대하는 나의 바람과는 다소 거리가 있다. 그렇지만 각양각색으로 변화하는 가족의 종류와 사회의 양상을 긍정적으로 받아들이고 평등을 추구하는 제도는 본받을 만하다.

지금의 청약제도는 '이 사회가 바라는 정상 가족의 형태는 유자녀 가정이니, 자녀가 없는 너희들은 불리해도 참으라'는 무언의 사회적 강요이다. 자녀나 부양가족이 있으면 주택을 유리하게 구입할 수 있게 해주겠지만, 자녀가 없는 사람은 열외라는 태도를 고수하고 있다.

이 치사한 제도는 언제까지 지속될까? 사람들이 살아가는 형태와 마음가짐은 시시각각 변해가는데 꾸역꾸역 유자녀 가정을 고집하는 시대착오적 제도는 생명력이 얼마나 될까? 단언컨대 유교 사상에 흠뻑 절어있는 우리 사회도 불합리한 청약제도가 일종의 폭력이라는 것을 언젠가 인정할 수밖에 없을 것이다.

## 그 사랑, 안 하겠습니다

·····················································

흔히들 '출산은 애국'이라 한다. 자녀를 여럿 낳은 사람에게 농담처럼 애국자라고 추켜세우기도 한다. 출산율이 바닥을 치는 요즘이라 국가 입장에서는 출산한 사람이 반갑겠지만, 출산이 애국이라는 인식은 솔직히 거북하다.

통계청에서 인구 동향을 조사한 바로, 2019년 기준 가임여성 1명당 합계 출산율이 0.918명이다. 이는 인구 1명당 출산 인구가 1명이 안 되므로 지금의 인구수를 유지할 수 없다는 뜻이고, 적은 수로 태어난 다음 세대가 현 세대를 세금으로 부양하느라 허리가 휜다는 의미이기도 하다. 어쩌다 우리나라의 출산율이 이 정도가 됐나 생각해 보면 그 이유야 이미 나 스스로가 증명하고 있으니 설명하려면 밤을 새워도 모자랄 지경이다.

출산율이 낮은 국가는 여러모로 불리한 점이 많다. 앞서 말한 세금 문제도 그렇고 국방이나 내수 경제에 악영향이다. 문화, 교육, 투자, 소비 등 모든 분야가 침체될 것이다. 그것이 인구 감소에서 보다 극적인 상황, 즉 인구절벽으로 나아가고 있는 우리나라의 실정이다. 이렇다 보니 국가 차원에서 다양한 캠페인을 벌이고 출산과 양육에 금전적 지원을 시도한다. 임신 단계에서부터 지원금을 주고 아이가 태어나면 출산장려금을 지급한다. 무료 혹은 저렴한 가격으로 예방접종을 지원해 아이들의 건강을 챙긴다. 양육에 필요한 돌봄 쿠폰도 제공한다.

그렇게 국가에서 주는 돈이 개인의 희생이나 지출에 비하면 미미하지만 딱 한번 부러웠던 적은 있다. 올해 전염병이 창궐해 학생들이 등교를 못 하고 급식을 먹을 수 없게 되자 학교에서 사용할 수 없게 된 농산물을 꾸러미 형태로 학생들의 집에 발송한 거였다. 지역 카페에 농산물 꾸러미 인증 샷이 올라오는데 싱싱하고 품질 좋은 음식 재료가 어찌나 부럽던지. 아이를 낳지 않아 받을 수 없는 유토피아의 꾸러미였다.

지금 같은 상황에서 아이를 낳아 키우는 가정에 기초적인 지원을 하는 건 너무나 당연하다. 그 정도의 지원조차 없다면 이 나라에 얼마나 정이 떨어질까. 나와 남편은 소득에 비례한 세금을 내지만 아이를 낳지 않았고 앞으로도 낳을 예정이 없기 때문에 그런 혜택을 받을 수 없다. 하지만 불만은 없다. 영유아와 아동들은 안전한 사회에서 자라야 할 권리가 있고, 아이들이 수준 높은 교육을 받아야 사회 안전망이 탄탄해질 것으로 기대하기 때문이다. 나는 낳지 않을지언정 아이들에게 안전하고 건강한 교육이 제공되는 데 세금이 사용되는 건 대찬성이다. 반면 아이를 낳지 않은 사람을 향한 국가의 처우는 정이 붙으려야 붙을 수가 없다. 그야말로 '정뚝떨'이다.

과거부터 우리나라에서는 시대가 주목하는 가치에 맞춰 출산 장려 슬로건이 나왔다. 그중 가장 소름 끼쳤던 것은 '출산 지도'였다. 2016년 행정자치부에서 전국 243개 자치단체의 출산 통계를 한눈에 볼 수 있도록 제작한 것이었다. 지도에는 지역별 가임기 여성의 수와 출산율, 순위 등이 표기됐다. 지도를 처음 봤을 때 내 심정은 통계를 정리해서 알록달록한 지도를 만드느라 애썼을 공무원들을 향한 안쓰러움(곧 사라질 것을 예감함), 그리고 출산

경쟁이라도 부추기듯 지역별로 순위를 매기고 가임기 여성의 수를 공개한 무지를 향한 분노였다.

출산 지도를 만든 사람들은 가임기 여성의 수가 많으면 아이가 많이 태어나고, 적으면 아이도 적게 태어난다고 생각한 걸까? 그렇다면 가임기 여성은 임신과 출산을 선택하는 게 아니라 자궁이 존재함으로써 당연히 낳아야 한다는 말과 다를 바 없다. 출산의 여부가 곧 가임기 여성의 유무와 같다는 무지한 인식이었다. 게다가 출산의 여부가 여성에게만 달려있다고 생각하는 고릿적 가치관의 증명이기도 했다. 출산은 부부의 선택에 따른 문제인데 출산 지도는 가임기 여성이 존재만 하면 아이가 자동으로 태어날 것처럼 꾸며놨다. 가임기 여성의 수로 지자체별 순위까지 매겨놓은 걸 보면, 나를 포함한 가임기 여성의 '가임 자랑 대회'라도 열리는 듯했다. 고등학교 시절 전국 모의고사 성적표를 받았을 때도 이것보다는 덜 괴로웠다.

아이를 낳는 가정에는 약소하게나마 지원금이며 이것저것 배려해 주면서, 아이를 낳지 않기로 한 부부에게 들이미는 이런 캠페인은 압박이다. 지원금도 농산물 꾸러미도 필요 없다. 그저 결혼 혹은 출산을 거부하는 이들을 모독하지만 않아도 고맙다.

문제의 출산 지도는 사라졌지만 출산의 강요는 사라지지 않았다. 인구절벽이라는 단어가 주는 공포감, 지금과 같은 출산율로는 머지않아 대한민국이 사라질 거라는 충격적인 예측은 국민을 향한 협박이다. 최근 한 지자체에서는 출산장려 정책을 발표하면서 "저출산 문제는 국가적 위기이며 독립운동을 하던 애국지사의 심정으로 대처해야 한다."라고 말했다. 얼마 전 있었던 어느 재단의 직무교육에서는 "아이를 낳아 기르는 것이 곧 애국자"라는 발언이 나왔다고 전해져 논란이 됐다.

그들은 진정 출산이 애국이라고 주장하면 아이를 낳지 않은 부부들이 귓가에 종소리가 울리듯 깨달음을 얻고 온몸을 불살라 출산을 통해 애국지사가 될 거라 생각하는 걸까? 혹은 나라가 위태로우니 내 한 몸 희생해 아이를 낳아 보탬이 되자는 눈물겨운 일이 벌어질 거라 기대하는 걸까? 없는 아이를 서둘러 낳으라고 할 만큼 나라를 사랑하고 애달파할 줄은 몰랐다.

반대로 이미 아이를 낳은 사람들이 애국심으로 낳았는지 생각해 보면 그 역시 답은 아니다. 그들이 구상한 가족계획, 부부간 사랑의 결실로 아이를 낳았다는 게 오히려 납득이 간다. 아이를 낳은 부부 중에 애국심을 상실한 사람을 찾으라면 오늘이라도 여럿 데려올 수 있을듯한데, 출산을 애국과 연관 짓는 건 저급한 생각이다.

나랏일을 하는 고위공무원이나 결정권자들이 주장하듯 출산이 곧 애국이라면 나는 애국하지 않는 쪽을 택하겠다. 아이를 낳아 인구에 1을 더해야 애국이라면 나는 그 사랑 안 하고 싶다. 국민으로서 의무를 지키고 권리를 행사하며, 법과 제도를 순순히 받아들이는 것이 나의 순수한 애국이다. 그런데도 애국심이 부족하다며 아이를 낳으라고 부추긴다면 그 사랑은 끝내고 헤어지는 게 낫다.

사랑을 원하는 나라라면 아이를 원하는 국민이 걱정과 고민 없이 낳아 기를 수 있도록 장려해야 한다. 지금과 같은 장려금 몇 푼으로는 아직 멀었다. 반대로 낳을 생각이 없는 국민의 의사도 존중하고 출산을 강요하지 않아야 한다.

예를 들어보자. 현실 속 A에게 자신을 사랑한다면 빌딩을 사달라는 연인이 있다. A는 평범한 시민이고, 갑부도 재벌도 아니다. 그런 A는 인생을 담보로 거액을 대출받아 연인에게 빌딩을 사줘야 할까? 아니다. 현실에서는 연인을 끊어내는 게 옳다. 과한 요구를 하는 연인은 진짜 사랑이 아니다. 사랑한다는 말로 포장한 계산에 넘어가지 말아야 한다.

마찬가지로 사랑한다면 아이를 낳으라는 국가는 빌딩을 사달라는 연인과 다를 바 없다. 빌딩은 각자 돈으로 사자. 사랑은 정직하게 하자. 사랑할수록 선을 넘지 말아야 한다는 걸 더 이상 잊어버리면 안 된다. 누구나 알 수 있는 사랑의 진리이건만, 오늘도 '출산은 애국'이라 우기는 사람들은 풀리지 않는 미스터리다.

# 노키즈존, 솔직히 말하자면

우연히 인터넷에서 아이를 낳고 키우는 과정을 재치 있게 그려낸 작품을 알게 됐다. 아이를 낳지 않은 나조차 어찌나 공감이 가던지. 그러던 중 어느 에피소드에서 노키즈존에 대해 다루었다. 아이를 키우는 입장에서 다룰 만한, 문제의식을 느낄만한 소재였다.

처음엔 담담하게 스크롤을 내렸다. 하지만 조금씩 내릴수록 즐거움이 아닌 의문이 생겼다. 대강의 줄거리를 말하자면 아이를 데리고 식당이나 카페에 가면 긴장이 되고, 가고 싶은 곳에 방문했는데 노키즈존이라 속상했다는 것이었다. 결론은 '어린이들에게 좀 더 안전하고 너그러운 사회가 되면 좋겠다.'였다.

미성숙한 존재인 어린이를 위해 사회가 안전을 보장해야 한다는 것엔 공감한다. 아주 어린 영유아부터 미성년에 해당하는 모든 아이들은 성인이 되기 전까지 사회에서 안전과 건강을 보장받아야 마땅하다. 그런데 그 이상의 너그러움은 어떤 이유에서 보장되어야 할까? 작품에서는 어린아이의 허물까지도 그저 너그럽게 품어야 올바른 어른인 듯 그려내고 있었다. 하지만 왜 너그러워야 할까? 어려서? 아이는 뭘 모르니까? 애는 원래 그런 거니까?

식당과 카페에 가면 돈을 지불하고 타인이 만든 음식을 먹고, 편안한 분위기 속에서 즐거운 시간을 보내기를 기대한다. 그런데 그 시간에 타인의 자녀가 고성을 지르거나, 통로를 뛰어다니며 어수선하게 굴거나, 자리에 앉은 사람을 손으로 치고 다니며 장난을 치거나, 테이블 앞에 서서 모르는 사람의 밥 먹는 모습을 빤히 쳐다보거나, 호기심에 타인의 가방이나 물건에 손을 댄다면 어떨까. 나열한 모든 사례는 내가 식당이나 카페에서 직접 경험한 일들이다.

그때마다 내 시간을 방해받은 것은 물론이고 화도 났지만 아이를 상대로 굳이 득 볼 것 없는 싸움을 벌이지 않았다. 아이의 행동이 너무 심할 때는 부모에게 말을 전달했지만 돌아오는 답은 이러했다.

"애가 뭘 알겠어요."

"애들은 원래 이래요."

"애니까 귀엽게 봐줘요."

혹은 "주의시킬게요."라고 답한 뒤 건성으로 "뛰지 마."라고 하면 끝이었다. 아이가 잘못을 하면 바로 잡는 것도 어른의 몫 아닐까. 그런데 앞뒤 없이 "어린이에게 너그러운 사회가 되길 바란다."는 작품을 보니 좀처럼 공감할 수 없었다.

노키즈존이 약자 차별이라는 문제 제기도 있다. 모든 아이가 소란을 피우는 게 아닐 텐데 단지 어리다는 이유로 장소를 이용할 권한을 통제받기 때문이다. 노키즈존이라는 단어만 봐도 아이를 거부하는 느낌이 전해진다. 하지만 통제되지 않는 아이가 매번 약자는 아닐 것이다. 정확히는 통제되지 않는 아이를 방치하고 무책임하게 행동하는 부모가 약자가 아닌 것이다. 여러 차례 보도에서 확인했듯 뛰어다니는 아이와 식당 종업원이 부딪혀 아이가 다치기라도 하면 배상은 식당과 종업원의 몫이다. 아이가 가게 안을 헤집고 다니며 기물을 파손해도 고스란히 배상하고 가는 부모를 본 적이 거의 없다. 언젠가 집 앞 프랜차이즈 카페 2층에서 아이들을 동반한 몇몇 보호자들을 본 적 있다. 아이들이 뛰고 장난을 치다가 컵을 깼다. 깨진 컵에서 쏟아진 음료로 바닥이 흥건해졌다. 그들은 아이가 다친 데가 없는지 확인한 뒤 깨진 컵을 치우거나 직원에게 알리지 않고 그 위에 냅킨을 덮었다. 그러고도 한참을 떠들었고, 아이들도 한참을 더 뛰다가 자리를 떴다. 물론 배상은 하지 않았다. 깨진 유리와 쏟아진 음료를 사람들이 피해 다니는 동안 아이들과 보호자는 결코 약자가 아니었다. 오히려 이들이 나간 뒤 깨진 유리를 치우는 카페 직원이 약자로 보였다.

미성숙한 아이들을 제대로 살피지 못하는 부모들을 반대하며 '노 배드 페어런츠 존'이란 말도 생겨났다. 하지만 자녀를 통제하지 못하는 부모가 자신의 잘못을 인지할 수 있을까. 나가달라고 요청한들 받아들일까. 자녀를 동반하지 않는 손님으로서도 이런 부분이 눈에 밟히는데 가게를 운영하는 당사자들은 오죽할까 싶다. 다수가 이용하는 곳에서 이기적으로 행동하는 부모들이 있어 장사가 업인 사람들은 '을'로서 상처받는다.

이런 이유로 노키즈존에 가는 횟수가 늘었다. 꼭 노키

즈존만 골라서 다니진 않지만 마음에 드는 가게를 발견했는데 노키즈존이면 대체로 재방문을 하는 편이다. 반대로 가게에 방문했는데 아이들이 뛰놀고 괴성을 지르는 곳은 서둘러 나가버리고 발길을 하지 않는다. 그다지 즐거운 경험이 없었던 곳에서 더 이상의 감정 소모는 피하고 싶기 때문이다.

한편으로는 내가 딩크족이라서 느끼는 안도감도 어쩔 수 없다. 혹시 자녀를 낳았다면 나도 모르게 이기적인 부모가 되진 않았을까? 나 역시 아이를 제대로 통제하지 못해 곳곳에 민폐의 흔적을 남기게 될지 모른다. 사람들에게 눈총을 받는 부모들 역시 자녀를 낳기 전에는 자신의 그런 모습을 상상하지 못했을 것이다. 처음부터 그러진 않았겠지만 육아에 지치고 둔감해져 '나도 좀 쉬고 싶다.'는 생각이 앞섰을 것이다. 그래서 자녀들이 가게를 헤집고 다니는 동안 자신들이 마땅히 통제하고 관리해야 할 행동을 주변 사람들에게 전가해 버리는 것이다.

수선스럽게 뛰는 아이들에게 영혼 없이 하는 "뛰지 마." 한마디, 화장실에 데려가는 수고를 덜기 위해 버젓이 매장에서 볼일을 보게 하거나 기저귀를 가는 행동, 아이가 주변 테이블에 가서 방해할 때 "귀엽게 봐주면 된다.”는 식의 자기합리화, 손님들이 사용할 식기나 빨대를 손으로 쓸고 다녀도 “우리 아이는 깨끗하다.”라고 주장하는 당당함.

그 이기심이 두렵다. 언제 이기적으로 변할지 알 수 없는 마음과 자각하지 못해 쌓여갈 부끄러움들. 아이들 때문에 낳기 싫다기보다 자녀를 동반한 부모들의 편향된 이기심을 많이 목격한 탓에 아이 낳는 게 두렵다는 말이 정확하다. 그리고 그런 일부를 곱지 못한 시선으로 바라보며 알게 모르게 미워하는 내 자신 역시 두렵다. 누군가를 미워한다는 게 관계가 아닌 상황 때문이라면 너무 슬퍼지고야 만다.

판단력이 미약한 아이들은 약자로서 노키즈존에 입장하지 못한다. 아이들은 자유를 침범당하므로 약자이다. 하지만 정확히 말할 수 있는 건 이기적인 부모가 노키즈존을 만들고 있다는 사실이다. 노키즈존이 국내에 이슈가 되고 증가하기 시작한 지 수년이 지났다. 그동안 세대와 남녀의 갈등이 극대화됐지만 ‘노엘더존’, ‘노여성존’, ‘노남성존’ 따위는 생기지 않았다. 노키즈존이 계속 늘고 있다면 질타하기 전에 당사자들이 그 이유를 솔직하게 고민해 봐야 한다. 밥 한번 편히 먹자고, 맛있는 차 한

잔하자고 자리 하나씩 차지한 사람들끼리 서로 미워하지 않으려면 그래야만 할 것이다.

# 애 아니면 개

'키운다'는 행위는 소소한 즐거움에서 거대한 희생으로 번질 수 있다. 그 범위는 몹시 넓어 자신이 무언가를 키운다는 생각을 깜빡 잊을 정도다. 집 베란다에 화석처럼 앉아있는 화분, 언젠가 유행처럼 양파나 고구마를 물컵에 끼워 싹을 틔우던 일 따위는 키운다고 말하기엔 조금 갸우뚱해지기도 한다.

사람과 비슷한 포유류를 키운다면 '키운다'는 의미가 훨씬 강렬하게 다가온다. 자녀가 있는 전업주부에게 근황을 물으면 "애 키워요."라는 답을 바로 들을 수 있듯, 사람 혹은 동물을 키운다는 건 일상에 큰 획이다. 그래서 키움을 고되거나 숭고함으로 인지하며 쉽지 않은 행위라는 사실에 공감한다.

자녀를 낳지 않은 사람들에겐 '키움'의 온도가 조금 다르다. 딩크족이면서 전업주부인 지인이 동네에서 고양이 커뮤니티에 가입했다고 한다. 고양이를 키우고 싶은데 그 전에 사람들과 만나 의견을 교류하며 자신이 고양이를 키울만한 자격이 있는 사람인지 알아보려는 생각이었다. 지인이 커뮤니티에서 만난 또래들은 모두 자녀가 있고, 고양이도 키우는 사람들이었다. 그리고 커뮤니티에서 어울리며 느낀 점을 내게 전했다.

"사람은 꼭 무언가를 키우게 된다고 생각하더라."

사람은 아이를 낳아 키우든, 아이를 낳지 않으면 하다못해 동물이라도 키우게 된다는 것이었다. 그게 생의 진리이자 불변의 법칙인 듯 커뮤니티 사람들은 지인이 아이를 낳지 않았기 때문에 동물이라도 키우려는 거라고 말했다. 또, 애를 키우는 것도 아닌데 왜 전업주부를 하냐는 질문을 줄곧 했다고 한다. 그 이야기들을 종합하면 '사람은 반드시 무언가를 키우게 된다.'라는 말이 된다. 이는 키우는 즐거움과 순수를 오로지 본능으로만 몰아가는 것 같았다. 결국 지인은 고양이를 키우지 않았다. 아마 나라도 그랬을 것이다.

이런 이야기를 오래전에 들었던 터라 나 역시 무언가를 키운다는 것에 가끔 흠칫하곤 했다. 한때 플랜테리어에 관심이 많아 다양한 식물을 집에 들였다가 남편이 지나가는 말로 "당신은 화분을 자식처럼 생각하는 것 같아."라고 했을 때 혼자 제 발이 저렸다. 썩 유쾌하지 않았던 지인의 일화처럼 나 역시 반드시 무언가를 키우고 싶은 사람은 아닐까 싶었다.

'사람을 키우기는 싫지만 실상 본능은 뭐라도 키우고 싶어서 식물을 이렇게 들여놓은 건가?'

'아이를 키우고 싶지 않아서 출산과 육아를 포기했는데, 사실 내 속에 무언가 키우고 싶은 본능을 억누르느라 식물을 들였다면 끔찍하지 않을까?'

그런 생각이 들 때마다 나 자신이 몹시 동물적으로 느껴졌다. 이성과 감성을 진지하게 들여다보고 결정한 딩크였다. 식물이 뿜어내는 싱그러움과 천천히 자라며 변화하는 식물의 모양새를 지켜보는 건 즐거운 취미 생활이었다. 하지만 지인의 이야기가 한번씩 생각날 때마다 내 즐거움은 퇴색하는 기분이 들었다.

더욱 불안에 휩싸인 건 강아지를 들일 때였다. 나와 남편은 결혼 전 가족계획을 세우기 전부터 반려견을 키우기로 약속했다. 나는 4살 때부터 줄곧 집에서 개를 키워 익숙했고, 남편도 청소년기부터 키운 푸들에 정이 돈독히 든 사람이었다. 개를 키우기로 약속은 했다만 첫 번째 신혼집은 전세라 개와 함께하기 부담스러웠고, 두 번째 집으로 이사 와서는 개를 책임지고 잘 키울 수 있을지 걱정하느라 시간을 보냈다. 결혼 5년 차가 되자 남편은 왜 약속을 지키지 않느냐며 떼를 쓰기 시작했다.

"나랑 개 키우기로 약속했잖아! 왜 약속 안 지켜? 당신은 배신자야!"

남편은 허구한 날 징징거리고 길에서 예쁜 강아지만 보면 먼저 반갑게 다가가면서 "나만 댕댕이 없어."를 시전했다. 고민하기에 더 이상 시간을 끌 수 없다고 생각해 남편과 강아지 입양을 알아보았다. 그 와중에 나는 찝찝한 기분을 지울 수 없었다.

'사람들은 결국 내가 무언가를 키우고 싶어서 강아지를 입양했다고 생각할 거야.'

기쁜 마음으로 강아지를 만나도 모자랄 판에 미적지근한 감정에 사로잡혔다. 남편과 결혼 전부터 약속한 것, 둘 다 너무나 좋아하는 강아지랑 함께하고 싶은데 사람들 눈에 '애 대신에 개'를 키우는 사람으로 보일까 개운

치 않았다. 주변에 타인을 쉽게 재단하는 사람이 드문 편인데도 그랬다. 아직 일어나지 않은 미래이지만 누군가가 나를 보며 "애가 없으니 개라도 키우는구나."라고 판단한다면 그저 '생명을 키우고 싶은 마음에 사로잡힌 동물적인 사람'으로 남겨질 것만 같아 가슴팍에 먹구름이 꼈다.

그런 기분에 내내 사로잡혀 있었지만 남편과의 약속도 있었고, 첫 번째 집과 비교해 강아지를 키울 환경도 어느 정도 조성됐으니 고민의 시간이 길어지지는 않았다. 그리고 한눈에 가족이 될 것을 알아본 우리의 소중한 모카를 입양했다. 모카가 우리 집으로 입양될 당시엔 태어난 지 2개월밖에 되지 않은 강아지였다. 처음 한 달은 배변 사고도 많이 치고 밤잠 못 이룰 정도로 징징거리는 바람에 힘들었지만 잘 적응해서 더불어 살기에 좋은 습관을 지닌 강아지로 자랐다. 그리고 걱정했던 부분이 현실이 되었다. 애가 없으니 개라도 키우는 거라는 편견을 만나기 시작한 것이다. 악의 없는 편견은 이런 식으로 드러났다.

"강아지 키우는 것 보면 애도 잘 키울 것 같은데 왜 안 낳는 거야?"

강아지를 키우게 됐다는 소식을 전할 때 이런 반응도 있었다.

"왜 애를 안 낳고 강아지를 먼저 들였어?"

"저 아이 안 낳을 거예요. 딩크족인데요."

"아… 그래서?"

뭔가 다 알 것 같다는 아, 라는 감탄사를 들을 때 그 한 글자에 담긴 무수한 의미가 내게 전달됐다. 애는 안 낳았으면서 개를 키우는 사람에 대한 의문, 애가 없으니 심심해서 개라도 키우는 거라 지레짐작, 차마 묻지는 못하지만 혹시 불임이라서 개라도 키우려는 건지 동정 반 호기심 반 섞인 눈길. 그 모든 것이 아, 라는 감탄사에 담겨있음을 듣는 사람이 모를 리가 없다.

이럴 때 아이와 강아지를 굳이 연결 짓지 않아도 된다고, 왜 강아지를 키우게 됐는지 말하고 싶지만 내 선택을 사람들에게 변명하는 꼴을 만들고 싶지 않아 입을 다물게 된다. 사람들 눈에 나는 그저 애 대신에 개 키우는 사람이라는 현실을 혼자 감내한다. 대신 집에 돌아와서 모카는 알아듣지 못하는 사람 말로 실컷 말해준다.

"모카야, 너는 사람 대신 우리 집에 온 게 아니야. 너는 그저 너로서 우리 가족이 된 거야."

애를 안 키우면 개라도 키우는 게 아니라 애를 키우든 개를 키우든 마음에 따른 선택일 뿐이다. 게다가 뭔가 키우지 않으면 큰일 날 것처럼 안달 나는 게 사람이라면 우리 존재는 한없이 가엾지 않을까? 사람이라면 반드시 뭔가를 키우고 싶다는 말은 인류를 그저 동물적으로 포장하는 게 아닐는지. 그럼에도 말 한마디, 스치는 시선에서 애 대신 개를 키우는 편견 속 내가 존재하는 오늘을 살고 있다.

# 돈이 없어 안 낳느냐고요?

언젠가 출산과 동시에 발생하는 지출이 평균 천만 원이라는 기사를 읽은 적이 있다. 물론 사람에 따라, 상황에 따라 천차만별의 비용이겠지만 작디작은 아기 한 명이 태어나는 데 들어가는 돈 치고는 큰 편이라고 느꼈다.

아기가 태어나면서 드는 천만 원으로 지출이 끝난다면 다행이겠지만 아는 바에 따르면 그것은 시작에 불과하다. 푼돈처럼 일컫는 말로 분유와 기저귀값, 하물며 과자값도 결코 적은 돈이 아니다. 그뿐인가. 어린이집에 들어가는 순간부터 시작되는 사교육비를 합산하고, 옷을 입히고 적당한 것을 먹이고 병을 예방하고 아플 때 치료하며 건강을 지켜주는 과정에서 크고 작은 지출들이 모여 목돈이 된다. 아이 한 명을 성인으로 키워내는 데 평균 3억이 든다는 말이 결코 과장은 아닐 것이다.

그래서 직접 아이를 키워본 적은 없지만 어렴풋이 계산은 할 수 있었다. 친구들, 지인들에게서 아이를 키우는 상황과 환경을 들으며 한 명의 아이에게 매달 어느 정도의 지출이 발생하는지 말이다. 만약 우리 부부가 불가피한 상황에서 아이를 키운다면 가계가 무너질 정도의 타격은 아니겠지만, 적어도 지금 내가 마음껏 사 먹는 커피와 일 년에 두어 번 떠나는 해외여행을 자제해야 한다는 것쯤은 알고 있다. 남편이 툭하면 새로 배우는 운동이나 공부도 등록하기 망설여질 것이다. 안정적인 환경에서 아이를 키우려면 어느 정도의 수입이 있으면 좋을지도 대강 짐작이 갔다.

그렇지만 결코 입 밖으로 꺼낼 수 없는 말, 지독하고 모질다 못해 귀를 의심하게 되는 말이 있다. 아이를 키울 때 당연히 많은 돈이 들고 그것을 감내해야 한다는 진실이 날을 세웠을 때다. 누군가는 머릿속으로만 생각해 볼 만한 그 말을 예상치 못하게 처음 만난 사람의 입을 통해 들었다. 어느 모임에서 처음이자 마지막으로 봤던 그 낯선 이는 거리낌 없이 그 말을 꺼냈다.

"이런 말 좀 그렇지만, 돈 없는 사람은 아이 안 키웠으면 좋겠어요."

가정 형편이 좋아야만 아이를 낳을 수 있는 사회라면 얼마나 무섭고 끔찍할까. 그의 아이는 초등학교에 다니고 있었는데, 자신의 경제적 형편이 만족스러웠는지 스스럼없이 그런 말을 했다.

돈이 없으면 아이를 키우지 말아야 하고, 돈이 많아서 아이를 키워도 된다면 자녀의 유무는 경제적 신분사회를 형성할 수밖에 없다. 또 자녀가 행복하게 자라는 데 재산의 양이 비례한다고 장담할 수도 없는데, 그의 서슴없는 발언에 등줄기가 서늘해지고 말았다. 같은 맥락에서 우리 부부의 딩크족 결정 사유가 '돈이 없어서'라고 짐작하며 "애 키우는 데 돈이 많긴 들긴 하지." 하고 안타까운 말을 흘리는 사람도 종종 있었다.

반대로 아이를 키우며 비용이 많이 드는 이유로 갖게 된 부담을 타인에게 전가하거나 나누려는 사람도 있다. 지인 중 한 명은 아이 둘을 키우면서 재테크와 투자까지 하느라 늘 쪼들리는 편이었다. 월급날을 앞둔 며칠간은 저녁 식사를 라면으로 때울 정도였다. 그 지인은 함께 돈을 써야 하는 상황에서 당당하게 내게 이런 말을 했다.

"넌 애도 없으니 여유 있잖아. 돈 좀 더 써도 되지 않니?"

그 말은 육아를 하느라 잃게 된 경제적 여유를 타인인 내게 채워달라는 의미였다. 가까운 사람들끼리 좋은 시간 보내자고 함께 쓰는 돈인데 남에게 부담을 떠넘겨 가며 즐기는 여가가 무슨 의미가 있을까? 상식선에서 도무지 이해가 가지 않았고 이런 몇 가지 상황을 겪다 보니 내 머릿속에서 아이와 돈은 떼려야 뗄 수 없는 밀접 관계가 됐다.

아이를 낳지 않기로 한 결정에 경제적 영향이 전혀 없었다고는 할 수 없다. 우리 부부는 원하면 언제든 여행을 다니고, 각자의 취미 생활을 즐기고, 갖고 싶은 물건은 적당히 소유하며 산다. 식비를 아끼느라 허리띠를 바짝 졸라매거나 여러 날 같은 메뉴를 먹지 않고, 월급날을 앞두고 며칠 동안 라면을 먹지는 않는다. 가계 대출도 빨리 갚은 편이고 적당히 저축과 투자를 하며 살고 있다.

이렇게 쓰고 모으는 돈이 풍족해지더라도 자녀보다는 내 삶의 질과 미래에 사용하고 싶은 마음이 더 컸다. 하나를 넣으면 둘이 나오는 마법의 항아리가 있지 않는 이상 나와 남편이 벌어들이는 수입을 앞으로 어떻게 사용할지 결정해야 했다. 이때 우리는 자녀가 아니라 자신의 삶에 쓰기로 '선택'한 것이다. 조금 더 냉정하게 말하자면 육아에 돈을 쓰고 싶지 않다는 결정이었다.

이런 결정이 누군가의 눈에는 이기적으로 비쳐질 게 분명하다. 결혼을 하고 가정을 이뤘으면 당연히 아이를 낳아야 한다고, 아이가 있어야 가정이고 진정한 어른이 되는 거라고 하는 뭇 어른들이 있다. 거기에 아이 낳으면 키워줄 거냐고, 육아 비용을 대신 내주기라도 할 거냐며 뾰족하게 날을 세우는 청년 세대가 있다. 수많은 잔소리와 오지랖을 들어왔고, 자녀와의 삶보다 나와 남편의 삶에 지출하고 싶다는 의사를 은연중에 드러냈을 때 일부 사람들은 나를 한 마디로 평가했다.

"지밖에 모르는 인간."

그들에게 나는 제 한 몸, 배우자와 둘이서만 잘살고 싶어 하는 혀를 끌끌 차게 되는 이기적인 인간형이다. 갖고 싶은 것 덜 갖고, 먹고 싶은 것 덜 먹고, 하고 싶은 것 참아가며 자녀를 키우는 게 사람 사는 이치고, 세상은 그렇게 돌아간다는 이들의 눈에 나는 '하고 싶은 대로 다 하고 살려는 못된 인간'이다.

그들의 가시 돋친 말들이 아주 틀린 것도 아니라 그럴

땐 그저 듣는다. 왜냐하면 나는 '하고 싶은 대로만 하는 인간'이기 때문이다. 내가 벌어 나와 배우자에게 쓰고 사는 삶이 나밖에 모르는 삶이라면 그 말 또한 틀린 것이 아니다. 나는 앞으로도 배우자와의 건강과 즐거운 삶을 최우선으로 여기는 생활을 고수할 생각이니 말이다. 자기 중심의 삶을 택한 것을 이기적이라고 평가하는 것은 시대착오적이다.

다이아몬드 수저를 물고 태어나지 않는 이상 보통의 사람들은 사는 내내 고용불안과 한 치 앞을 모르는 생을 대비하고 또 대비해야 한다. 혹여나 불안정한 미래에 자녀에게 도움을 받거나 의지할 생각조차 없고 그렇게 행동하면 안 된다고 믿기에 내 삶은 내가 책임지고 싶다. 그 때문에 나와 남편이 벌어들인 돈을 우리 둘에게만 쓴다 해도 세상이 우리를 비난할 자격은 없다. 세상 경험이 아무리 많다 한들 타인의 경제적 삶을 책임져 줄 게 아니라면 제 앞가림 잘하겠다고 마음먹은 이들을 비난하고 가르치려 드는 건 자만과 무지다.

사는 동안 없어서는 안 될 수많은 가치 중에 빼놓을 수 없는 게 바로 돈이다. 세속적이고 이해타산적이라 해도 할 수 없다. 돈 없이는 세상에 알몸 하나 겨우 남는 게 사

람인 이상, 어떻게 벌어 어떻게 쓰며 살지는 개인이 선택
해야 마땅하다.

# 아이를 좋아하지 않으면 나쁜 사람인가요?

주변에 몇몇 딩크 부부가 있다. 딩크 선택에 연령이 영향을 주는지는 잘 모르겠지만 30대 후반인 내 주변보다 30대 중반에 속하는 남편 또래에 딩크 부부가 훨씬 많다. 왜 딩크의 삶을 선택했는지, 주변에서 뭐라고들 하는지 속속들이 묻진 않지만 그래도 약간의 고충을 나누거나 부부간에 의견은 어떻게 조율하는지 이야기할 때가 있다. 그럴 땐 넓은 공감대 위에서 아이를 안 낳기로 마음먹은 원초적인 이유를 털어놓기도 한다.

"난 애가 너무 싫어."

"신랑이 애를 워낙 싫어해요."

이렇게 솔직하게 털어놓는 일은 딩크족끼리 모였거

나, 혹은 딩크의 삶을 어느 정도 이해하는 사람 앞에서야 가능하다. 정상 가족의 틀이 굳건하고 아이를 사랑스럽고 귀여운 존재로 널리 인식하는 문화에서 '아이를 싫어한다'는 감정은 매우 부정적이기 때문이다. 아이를 싫어한다니, 한없이 예쁘고 앙증맞고 사랑 그 자체인 아이를 싫어한다니! 아이를 싫어한다는 말을 입 밖으로 꺼내는 순간 못된, 나쁜, 차가운, 비뚤어진, 철없는 사람이라는 필터가 덧씌워지고 만다.

우리 부부는 딩크로 살기로 결정함에 있어 출산과 육아를 감당하지 않으면서 자신의 삶에 집중하고 싶다는 확고함이 있었지만, 사실 어린 존재를 그다지 좋아하지 않는 마음도 컸다. 하지만 어디 시원하게 드러낼 순 없었다. 각자 어여쁜 자식을 낳고 행복하게 사는 친구들에겐 더더욱 털어놓을 수 없었다. 동료나 사회에서 만난 지인들과의 대화에서도 아이를 싫어한다고 말하면 금세 못되고 너그럽지 못한 사람으로 낙인이 찍혀버리니 말 꺼내기가 쉽지 않았다. 집안 어른들 앞에서 감히 꺼낼 말도 못 된다. 엄마에게 아이를 싫어한다고 털어놨을 땐 아주 간단히 정의했다.

"네 애 낳으면 다르지. 남의 애는 싫어도 내 새끼는 아주 예쁘거든."

엄마 말이 틀린 건 아니지만 생을 통틀어 손에 꼽힐 만
한 고생을 해서 낳고 키우는 자식이 안 예쁘다면 그야말
로 심각한 문제 아닐까. 그렇지만 아이를 싫어하는 내게
출산이 만병통치약은 아니었다.

아이를 좋아하지 않는 것은 취향이라는 말로 가볍게
설명할 수 없는 감정이다. 어린아이가 투명한 침을 질질
흘리며 안길 때 단순히 귀엽고 사랑스럽다고 답하기 어
려웠다. 친구들의 집에 놀러 갔을 때 한번 안아보라고 하
면 나는 행여 떨어뜨릴까 무서워서 못 안겠다고 손사래
를 쳤지만, 사실 그보다는 안고 싶지 않아서였다. 특별한
이유나 트라우마가 있어서가 아니라 별로 안고 싶지 않
을 뿐이었다. 어쩌다 안아본다고 해서 그 아기에게 사랑
스러움이 느껴진다거나 마음이 바뀌지도 않았다.

조금 다른 경험이 있었다면 단 한번, 조카가 태어났을
때였다. 언니가 조카를 임신하고 낳는 과정에서 지독하
게 고생하는 모습을 생생하게 지켜봐서인지 조카의 탄생
은 어쩐지 위대하게 느껴졌다. 그래서 산후조리를 위해
언니가 집에 와있을 때 조카를 종종 안아주고, 예쁨을 흡
족하게 바라봤다.

하지만 그뿐이었다. 그건 조카라는 존재에게 이모가 응당 주게 되는, 어른으로서 베푸는 애정이었고 조카의 출생을 계기로 아기가 좋아지진 않았다. 이는 아이를 낳은 이와 나의 관계가 영향을 주는 부분이다. 친구나 지인의 아이에게 너그럽고 다정하게 대하는 이유는 상대방과의 관계에 영향을 받아 조금 더 따뜻하게 바라볼 수 있기 때문이다.

갓 태어난 아기는 그저 어리고 연약한 존재, 어른들이 돌봐야 하는 존재다. 물론 예쁘고 귀여울 때도 있지만 겉모습을 칭찬할 뿐이지 그 이상은 아니다. 신생아를 바라보는 무미건조한 내 감정은 좀 더 자라 아장아장 걷고, 발걸음이 빨라져 달리기가 가능해지고, 목소리로 의사 표현을 하는 아이로 성장하면 싫다는 감정으로 발전해 버렸다. 시간, 장소를 불문하고 빽빽거리고 소리를 지르며 울부짖는 아이를 목격하면 머릿속이 터질듯했다. 공공장소에서 떼를 쓰는 아이와 해탈한 듯 무표정한 부모를 볼 때도 마찬가지였다.

조금 더 자라 초등학생쯤 된 아이들이 길에서 버르장머리 없이 굴거나 자전거를 고속으로 달리며 거리의 행인들을 놀릴 땐 화도 났다. 언젠가 미술관 복도에서 열 살

도 안 됐을 남자아이들이 우르르 달려 나가며 나를 밀쳤
다. 넘어지는 내게 아이들은 깔깔거리며 소리쳤다.

"우리한테 욕하면 신고할 거예요!"

"우린 어차피 초등학생이라 안 잡혀가요!"

엄마한테 이른다는 귀여운 협박도 아니고 본인들의 어
린 나이를 무기 삼는 모습에 뜨악했다. 이런 아이들에게
여전히 귀엽고 사랑스럽다는 감정을 가지기란 어려웠다.

그런데 반려견을 키우는 내게 사람들은 거리낌 없이
이런 말들을 한다.

"저는 개를 싫어해서요."

"아, 개 너무 싫어요."

개를 싫어할 수도 있고, 고양이를 싫어할 수도, 다른
동물이 싫을 수도, 곤충이 싫을 수도 있다. 개를 키우는
내게 개를 싫어한다는 말은 그저 상대방의 선호일 뿐 아
무런 영향을 주지 않는다. 나는 고양이 발톱이 날카롭고
무서워서 고양이를 싫어하는데, 아마 고양이를 키우는
사람에게 이런 점을 말해도 그리 상처받진 않을 것 같다.

하지만 아이는 조금 다르다. 아이를 키우는 사람에게
"나는 아이를 싫어한다."라고 말하면 상처받는다. 그 자
리에 아이가 없어도 얼굴을 붉히며 상대의 흉을 보기도

한다. 왜 애를 싫어하냐고, 무슨 안 좋은 경험이 있냐고 되묻는 사람도 있다. 이때 아이를 싫어하는 나의 마음에 필연적인 사유가 있어야만 할 것 같은 분위기에 사로잡힌다. 그래서 요즘은 굳이 이런 마음을 밝히지 않고 말수를 아끼는 쪽을 택한다.

개를 싫어한다고 말하는 사람들처럼 나도 아이를 싫어한다고 솔직하게 말할 수 있다면 좋겠다. 어린아이는 연약하고 미성숙한 상태이기 때문에 어른으로서 보호해 줘야 하지만, 그렇다고 해서 모두가 귀여워하며 꼭 사랑을 줘야 할 의무는 없다.

싫어하는 것을 내키는 대로 싫어하고, 좋아하는 것을 마음껏 좋아하는 삶. 혐오라는 위험한 선을 넘지 않는 한 좋아하고 싫어하는 감정에 옳고 그름은 없다. 그러니 내가 아이를 싫어한다 말했을 때 그 누구도 주섬주섬 색안경을 꺼내 쓰지 않는 날이 언젠가 와주길 바란다. 하지만 그날은 아무래도 몹시 먼 훗날일 것이다.

## 비출산도 장려받는다면

광고에서 사람들의 시선을 쉽게 끌 수 있는 세 가지 요소를 '3B'라고 한다. 3B는 Baby, Beauty, Beast로 화면에 귀여운 아기, 미녀, 동물이 나오면 주목도가 높아진다는 뜻이다. 그래서일까? 화면에서 B 중의 하나, 아기가 자주 보인다. 그것도 몹시 귀여운 아기. 방송사마다 하나쯤 방영하는 육아 예능에서 말이다.

우리 집엔 TV가 없다. 나와 남편은 한없이 늘어지거나 습관처럼 멍하게 화면을 보는 것을 좋아하지 않아서 처음부터 TV를 사지 않았다. 꼭 보고 싶은 프로그램은 노트북으로 스트리밍하는 정도다. TV를 볼 일이 딱히 없는데도 나는 육아 예능에 등장하는 아기들을 대부분 안다. 그만큼 다른 여러 매체에서 육아 예능에 열을 올리기 때문이다.

매일 아침, 업무를 시작하기 전 포털의 검색어 순위에 올라와 있는 키워드를 하나씩 클릭하며 간밤에 일어난 이슈를 살펴본다. 육아 예능이 방영된 다음 날 오전에는 순위에 아기 이름이 반드시 있다. 남의 집 아이 이름을 이런 식으로 자꾸 알게 되니 왠지 웃기지만, 그만큼 사람들이 즐겁게 방송을 시청했고 흥미로웠으리라 짐작한다.

육아 예능은 육아의 즐거움과 성취감을 보여주며 시청자들이 공감하게 만든다. 화면에 드러난 아이들은 천진난만한 표정과 사랑스러운 애교로 시청자들의 마음을 녹인다. 육아의 고충을 낱낱이 보여주기도 한다. 하지만 육아의 어려움은 아이의 사랑스러운 웃음과 순수한 태도면 술술 넘어갈 수 있고, 어떤 난관도 아이 앞에선 극복할 수 있다고 귀결된다. 그리고 육아 예능을 보며 아이 없는 부부나 언젠가 결혼하고픈 사람들은 무의식중에 이렇게 읊조릴지도 모르겠다.

"아, 나도 ○○이처럼 예쁜 아기 하나 낳고 싶다."

여기까지 도달했다면 육아 예능은 소기의 목적을 달성한 셈이다. 육아 예능 속 유자녀 가정의 즐겁고 사랑스러운 풍경이 추구하는 바는 결국 '출산장려'일 것이기 때문이다. 저출산과 인구절벽으로 다수가 고민하는 이 시대에 마치 주머니에 넣고 다니고 싶을 만큼 귀여운 아이들을 내세워 미디어가 벌이는 출산장려 페스티벌. 이 거친 세상에서 어떤 고충이 몰려와도 내 아이만 있다면 이겨낼 수 있다는 인생 박카스의 압축형 버전 같다. 이래서 '예능은 예능으로 보라.'는 말이 있는 걸까? 이런 출산장려 프로그램들이 등장하는 가운데 마음속에서 잠시 쉬고 있던 의문이 벌떡 일어나 말을 건다.

"그런데 아이 없는 집 예능이나, 결혼하지 않는 사람들이 나오는 예능은 왜 없을까?"

남의 집 아기 이름을 쉽게 기억할 정도로 육아 예능이 활발한 시대에 비출산과 비혼, 무자녀 가정의 일상과 고충 해결을 보여주는 예능 프로그램은 왜 아직 하나도 없을까? 몇 년간 인기를 끄는 한 예능 프로그램이 독신 남녀와 1인 가구의 모습을 보여주고 있지만 독신과 1인 가구는 비혼과 동의어가 아니다.

딩크족 방송인 몇몇의 이름을 기억한다. 역시 검색어 순위 덕분이다. 전날 예능 프로그램에 출연한 연예인이 비출산이거나 비혼을 선택했을 경우에도 검색어에 이름이 올라가기 때문이다. 육아 예능과 다른 점이 있다면 '동기'의 유무다. 딩크족이거나 비혼인 연예인 혹은 유명인이 방송에 등장하면 어김없이 묻는다. 왜 아이를 낳지 않는지, 왜 결혼을 하지 않았는지. 그러면 질문받은 사람은 순순히 답을 해준다. 그리고 그 답변은 자극적인 한 줄로 요약되어 방송 리뷰 기사로 밤새 언급되고, 다음 날 아침에 포털 사이트를 살펴보는 나 같은 사람의 눈에 들어온다.

개인의 의사에 따라 아이를 낳지 않고, 결혼하지 않는 선택에 해명이 요구되는 것이다. 딩크족이라면 아이를 왜 안 낳았냐며 사적인 질문을 해도 난감한 기색을 표현하거나 거부하지 못한 채 답변을 들려줘야 하는 것이 나만 어색한 건가?

또 그 답변의 내용이 모두가 공감할 만큼 무난하거나 깍듯하지 않으면 남녀노소 불문 절대다수에게 쉽게 공격받곤 한다. 그래서 연예인이나 유명인이 딩크의 삶을 선택한 이유를 언급할 때 살펴보면 추상적이고 모호한 표현이 많다. 구체적이고 솔직하게 말하면 "이기적이다", "그럴 거면 왜 결혼했냐", "나중에 후회하겠지." 등의 댓글들로 구만리 같은 앞날이 도배되고도 남을 것이다.

비혼도 마찬가지다. 포털에 '비혼 연예인'만 검색해도 비혼을 선언한 연예인들의 이름과 비혼의 이유가 함께 소개된다. 이렇게 일목요연하게 정리되어야 하고, 그 이유를 반드시 밝혀야만 하는 것은 왜일까? 반면 아이를 낳고 키우는 부부나 방송인에게 "넌 왜 아이를 낳았니?"라고 묻지는 않는다. 딩크족과 비혼인에게 합당한 이유를 꼭 듣고 싶어 하는 인식은 미디어가 만들어낸 기울어진 운동장과 다를 바 없다.

그래서 한번쯤 생겼으면 하는 프로그램이 있다면 '딩크 예능'이다. 아이 없이 사는 부부의 생활과 즐거움, 고충을 보여주며 부부로 살아가는 방식이 획일화되지 않았음을 세상에 보여주는 것. 적당한 나이에 결혼해서 아이 낳고 사는 삶 외에 어떤 식으로든 나의 삶을 기획하고 나아갈 수 있음을 증명하는 것. 거기에 재미까지 곁들인 딩크 예능이 나오면 좋겠다. 내가 본 것은 비혼인을 소개하는 다큐멘터리뿐이었다. 출산하지 않고, 결혼하지 않는 삶은 다큐일 수 있지만 예능이 될 수도 있다.

솔직히 나는 장려받고 싶다. '장려'는 좋은 일에 힘쓰도록 북돋아 준다는 의미다. 출산이라는 좋은 일에 힘쓰도록 북돋아 주는 것처럼, 아이 없이 배우자끼리 즐겁게 살도록 힘을 보태주고 결혼하지 않아도 스스로 행복을 쌓아갈 수 있다는 것을 응원받고 싶다. 나라가 유자녀 가정에는 '장려'라는 이름으로 돈도 주면서 무자녀 가정은 알아서 잘 살라고 방치하는 건 어쩔 수 없다 하더라도 미디어까지 나서서 출산만 장려하는 건 서운하다. 세상에 존재하는 모든 다양성이 장려받고 알려지는 계기는 살짝 고개를 돌린 카메라의 시선에서, 잠시 멈춰 주변을 둘러본 펜 끝에서 시작된다.

3장 · 딩크로 살아보니 꽤 괜찮습니다

# 밥하기 싫은 엄마

오래전, 회사에 다닐 때였다. 점심시간에 함께 밥을 먹는 동료들과 이야기를 나누다가 '재탕 미역국'이 화제에 올랐다. 재탕 미역국이란 미역국을 한 솥 가득 끓여두고 끼니마다 먹으면서 끓일 때마다 졸아들면 물만 더 붓고 끓여 계속 먹는 것이라고 했다. 한번 끓이면 최소 일주일은 먹는다고 했다.

재탕 미역국 이야기는 내게 소소한 충격이었다. 처음의 시원한 매력이나 고소한 고기의 맛은 온데간데없이 점점 짠맛과 물만 느껴지는 음식이 아닐까? 하지만 놀랍게도 테이블에 둘러앉은 동료들은 모두 재탕 미역국의 경험이 있었다. 아마 알뜰한 엄마들의 주머니 사정을 달래면서 밥하는 게 몹시도 지겨울 때 재탕 미역국은 매력을 발산했을 것이다. 함께 밥 먹던 동료들 사이에 재탕 미역국을 먹지 않은 사람은 나뿐이라 복에 겨운 농담도 들었다.

"와, 란이 씨네 집 부자인가 봐. 미역국 그냥 먹었대."

찢어지게 가난했던 집에서 자란 내게 부자가 웬 말인가. 재탕 미역국을 주지 않은 부모님에게 감사의 눈물이라도 흘려야 할 판이다. 우리 집에서도 한 솥 가득 끓인 곰탕이나 카레 같은 메뉴는 자주 올라왔지만 재탕은 없었다. 어떤 국이든 요리든 하루 이틀 먹고 나면 새 메뉴가 올라왔다. 그나마 하루 이틀도 내겐 지겨워서 언젠가 주부가 돼 요리를 맡는다면 아침에 먹은 걸 저녁에 또 먹지 않겠다고 다짐했다. 그리고 그 다짐은 현재 줄곧 실천하고 있다.

나와 남편은 맞벌이 부부라 가사를 분담하고 있다. 남편이 가사에 미숙해 내가 6 남편이 4 정도를 맡고 있다. 나는 요리와 주방, 자금 및 자재 관리 등을 맡고 남편은 청소와 저녁 설거지를 맡는다. 세탁물 관리는 함께한다. 서로 잘할 수 있는 일들을 맡은 것이지만 사실 나의 부담이 커서 남편이 좀 더 애썼으면 한다.

내가 요리를 맡은 이유는 여성이라서 혹은 아내라서가 아니라 남편보다 조금 더 요리에 감각이 좋아서다. 결혼 전에는 요리를 해본 적이 별로 없었지만 요리책을 보면서 따라 하면 그럴싸하게 만들어낼 수 있었다. 막상 해보니 재미도 있었다. 그래서 요리에 필요한 도구를 조금씩 장만하기도 하고, 밖에서 맛있게 먹은 음식을 집에서 똑같이 따라 만들어 남편을 놀라게 해주기도 했다. 밸런타인데이 초콜릿도 직접 만들고, 모카 생일에는 케이크도 만들어 먹였다.

요리에 재능이 있고 재미를 느낀다면 주방을 맡는 일이 덜 고달프고, 전업주부였어도 즐겁게 해치울 수 있을 터다. 아이 엄마 중엔 요리에 재미를 붙여 아이 식단을 한 장에 찍어 올리는 일명 '식판 샷'이나 소풍이 잦은 계절에 올라오는 도시락 사진 등으로 실력을 뽐내는 이도 있다. 어차피 해야 할 요리를 즐겁게 그것도 성취감 있게 해내는 것이다. 그런데 이런 생각도 들었다. 가사를 맡은 쪽이 요리를 싫어한다면? 혹은 노력해도 영 재능이 없다면? 그 집은 뭘 먹고 살아야 하지? 아이를 낳았다고 갑자기 요리가 재밌어질 리 없고, 아이를 키우려니 싫든 좋든 요리를 해야 한다면 어떻게 해야 할까?

우리 부부처럼 각자 선호도나 재능에 따라 가사 분담이 된다면 상관없지만 육아를 위해 어쩔 수 없이 전업주부가 된 사람이 사실은 요리를 싫어한다면 그것만큼 고역이 또 있을까 싶다. 음식 만드는 게 너무 어렵고 식욕이 그리 강렬하지 않은 사람은 대강 상황에 맞게 먹는다 치더라도 자녀의 밥은 굶길 수 없는 노릇이다. 성장하는 자녀에게 줄곧 배달 음식이나 레토르트를 먹일 수도 없을 것이다. 요리가 적성에 안 맞아 괴로운 사람들은 평생 치러야 하는 요리라는 관문을 어떻게 지날까. 매일 저녁 '오늘 뭐 먹지?'가 재미가 아닌 고문이 될지 모를 일이다.

요리가 도무지 적성에 안 맞지만 아이를 위한 의무가 됐을 때 벌어지는 부작용의 사례를 본 적이 있다. 맛집 정보나 동네 소식을 알아보는 커뮤니티에 글이 올라왔다. 글쓴이는 자녀를 두 명쯤 키우는 전업주부로 보였다. 평소에는 애들 먹일 음식만 하는데 하루는 큰맘 먹고 찌개를 많이 끓였단다. 그것으로 아이들을 먼저 먹이고 저녁에 퇴근한 남편에게 남은 찌개를 줬다며, 이것도 감지덕지해야 한다고 썼다.

글쓴이의 남편은 평소 퇴근 후 저녁에 주로 라면을 먹는다고 했다. 하루 종일 원수 같은 상사와 부대끼며 일하고 집에 돌아와 라면으로 저녁을 해결하던 남편은 웬일로 밥을 다 해주냐며 좋아했다고 한다. 그 장면을 사진으로 찍어서 올렸는데 너저분한 식탁 위 냄비에는 찌개 건더기만 조금 남았고 별다른 밑반찬은 없이 반찬 통 그대로 올린 김치와 흰밥뿐이었다. 그런 밥상을 감지덕지해야 한다니. 안타까웠다.

요리가 의무가 되면 부부의 취향은 뒤로 밀리게 된다. 시간에 쫓기고 아이의 입맛과 영양 위주로 맞추다 보면 배우자와 맛을 음미하며 먹는 소중한 식사시간은 포기하기 마련이다.

현실이 각박하더라도 내 가족이 먹는 식사만큼은 정갈하고 풍요로웠으면 한다. 나는 매주 일주일 치의 식단을 짜는데, 우선순위로 먹여야 할 아이가 없어서인지 식단 짜기는 즐거운 숙제시간이다. 우리 집 식단은 끼니마다 채소의 비중을 넉넉히 잡고, 나트륨과 당분을 줄이고 제철 식자재를 챙겨 넣는 정도다.

손님 접대가 있을 때는 접대용 식단을 짜고 음식에 어울리는 그릇을 플레이팅하고 식사에 어울리는 디저트도 만든다. 시간이 나면 틈틈이 과일청을 담그거나 천연 조미료를 만들어 사용한다. 그럴 때마다 앞치마 두른 내 모습이 싫지도 않거니와 결과물이 눈에 확실히 보이는 요리의 즐거움을 만끽한다.

어쩌면 내 부엌에서의 시간은 우리 집이 2인 가구라서 누릴 수 있는 여유일 것이다. 부부의 음식 취향을 반영하고, 하나의 취미처럼 요리와 식사 준비 과정을 즐기는 것은 딩크 생활에서 누릴 수 있는 옵션이다. 의무감과 시간에 쫓겨 하루 세 번 자녀의 밥을 고민하느라 동동거리는 대신 오늘 뭐 먹을지, 내일은 어떤 맛이 기다릴지, 한 번씩 재밌는 메뉴를 완성하면서 하루하루가 기다려지는 일상의 즐거움이 있다.

## 여행은 여행답게 떠날 것

．．．．．．．．．．．．．．．．．．．．．．．．．．．．．．．．．．．．

　며칠 전 남편과 제주도에 다녀왔다. 예정에 없던 여행이었다. 평일 오전 즉흥적으로 여행 이야기가 나왔고, 남편은 휴가를 냈고, 오후에 비행기 티켓을 끊고 호텔을 예약했다. 그리고 저녁에 모카를 반려견 호텔에 맡기고 다음 날 아침 대강 짐을 챙겨 공항으로 향했다. 평일에 다녀온 제주도는 한산했다. 어딜 가나 북적이지 않아 여유롭고 편안했다. 보고 싶었던 옥색 바다와 화산섬 특유의 지형과 자연의 산물을 바라보며 여행을 즐겼다. 여행에서 돌아온 뒤에는 며칠간 호텔에서 뛰어논 모카를 데려왔다. 우리가 여행을 간 사이에 모카 역시 호텔에 상주하는 강아지들과 신나게 뛰어노느라 녹초가 돼 있었다.

즉흥적인 여행을 포함해 우리 부부는 한 달에 한번 정도 국내 여행을 떠난다. 여행을 워낙 좋아하는 터라 결혼 전부터 한 달에 한번은 국내 여행, 일 년에 두어 번은 해외여행을 꼭 가자며 손가락 걸고 약속했다.

결혼한 지 6년이 지나도 약속은 그대로다. 몹시 덥고 춥지만 않다면 국내 여행은 빼먹지 않는다. 더울 땐 조금 시원한 나라로, 추울 땐 조금 따뜻한 나라로 며칠씩 도망 갈 때도 있다. 아이가 없는 우리는 두 명의 짐과 일정을 챙기면 되고, 모카가 생긴 이후로는 반려견 호텔에 전화 예약을 넣으면 된다. 여행이 길어지면 시가에서 모카를 맡아주기로 마음 써주셔서 비용 걱정도 크지 않다. 그래서 우리 부부에게 여행은 한번씩 지친 일상에 숨을 불어 넣으며 늘 비슷하게 돌아가는 쳇바퀴를 조금 다른 바퀴로 바꾸는 소중한 순간이다. 여행을 떠나는 것도 준비하는 것도 매사 즐거운 이유다.

하지만 각자 처한 환경에 따라 여행의 가치가 조금 달라질 수 있다고 느낀 적이 있다. 결혼 후 친정 식구들과 가족 여행을 떠났을 때였다. 막내인 내가 결혼을 하면서 세 자매 모두 각자의 가정을 꾸렸다. 어릴 적 여름휴가 외에는 여행을 단 한번도 떠나본 적 없는 친정에서 가족 여행 이야기가 나왔다. 20년 가까이 가족 여행을 가본 적 없던 나는 여행 제안에 흔쾌히 동의했다.

　온 가족이 여행 가기로 한 뒤에는 얼마간의 예산을 갖고 여행을 갈지, 어디로 떠날지 정해야 했다. 자녀가 없는 큰언니네 부부와 우리 부부가 있었고, 어딜 가든 상관없던 엄마가 있었다. 그리고 두 아들을 가진 작은언니네 부부가 있었다. 당시 부산에 살던 작은언니는 계획을 세우는 단계에서부터 큰 소리를 냈다.

　"나는 애들 때문에 멀리 못 가. 부산으로 여행을 오거나 우리 집에서 차로 한 시간 이내로 갈 거야."

　"가자."는 제안도 아니고 "갈 거야."라고 못 박는 소리였다. 본인은 아이들과 장거리 이동이 힘드니 수도권에 사는 나머지 가족들이 경상남도의 아래쪽으로 이동해야 된다는 거였다. 나는 내심 부산과 수도권으로 각자 떨어져 사는 가족들이 합리적으로 모일 수 있는 충청도를 원했다. 충남에는 해변이 가깝고 크고 작은 절과 풍경 좋은 곳이 많았다. 충북은 운전만 가능하다면 곳곳에 볼거리가 많았다. 하지만 '애들 때문에'라는 명분이 있는 작은언니 덕에 우리의 첫 가족 여행지는 경주로 낙찰됐다.

　수도권에서 경주는 차로 가든 기차로 가든 장거리 이

동이다. 큰언니네 부부가 엄마를 모시고 경주로 이동했고, 나와 남편은 집에서 가까운 역에서 기차를 타고 경주로 이동했다. 늘 그렇듯이 우리 두 사람분의 짐을 작은 캐리어에 담아 단출하게 떠났다.

여행지에서 만난 작은언니네 차에서는 끝없이 짐이 나왔다. 두 아들의 옷가지와 장난감, 성인 두 명의 짐, 아이들 먹일 식자재들이 따로 있었고 조리도구들도 가득 있었다. 숙소에 가득 부려놓은 짐을 보면서 짠한 마음이 들었다.

'언니는 여행을 와서도 애들 밥이며 놀이며 다 신경 써야겠구나. 힘들겠네.'

하지만 이런 짠함은 오산이었다. 육아를 내려놓고 자신의 시간을 갖는 엄마들을 흔히 '자유 부인'이라고 한다. 작은언니는 짐을 내려놓고 0초 만에 자유 부인이 됐다. 언니만이 아니었다. 작은 형부까지 '자유 남편'이 되었다. 작은 형부는 낮잠에 한 맺힌 사람처럼 숙소에 드러누워 쿨쿨 잤다. 매일 잤다. 작은언니는 엄마가 준비해 놓은 간식을 먹고 누워 뒹굴었다. 그럼 두 조카는? 난데없이 나머지 가족들이 맡게 되었다.

이 상황은 여행 내내 지속됐다. 너무나 오랜만에 여행

을 나온 작은언니 부부는 육아를 나머지 가족에게 모두 맡긴 채 자유롭게 여행지를 누볐다. 그동안 여행이 고팠던 마음은 십분 이해가 되지만 조카들을 돌봐야 하는 다른 가족들은 버거웠다.

언니는 아이들 밥을 먹이기 위해 유기농 식재료와 조리 도구를 가져왔지만, 아침저녁으로 콘도와 펜션에서 밥을 한 건 엄마였다. 엄마는 기껏 여행까지 와서 밥을 차렸다. 큰언니와 내가 설거지를 하거나 음식을 돕기는 했지만, 이때 아니면 언제 쉬냐는 마음으로 온 작은언니는 대개 누워있거나 화장을 하며 들떠있었다.

여행지를 둘러볼 때도 마찬가지였다. 아직 어린 작은조카의 기저귀를 교체할 때를 제외하면 큰조카의 화장실도 엄마나 큰언니가 맡았다. 식당에서 아이들 밥을 먹이고, 관광지에서 곁을 지키며 아이들을 돌본 것도 나머지 가족들이었다. 놀던 아이들이 지쳐 졸려 하면 내 남편이 업고 다녔다. 오랜만에 여행을 하는 작은언니 부부의 해방감 뒤에는 다른 가족들의 고단한 대리 육아가 뒤따랐다.

그뿐만이 아니었다. 경주 최씨 고택에 갔을 때였다. 너른 기와집이 칸칸이 나뉘어 있었고, 안쪽에는 아름드리

나무가 마당 한복판에 심어져 있었다. 그곳의 바닥은 동글동글한 자갈로 채워져 있었는데 작은조카가 그 돌을 우리 가족들을 비롯한 관광객들에게 던지고 놀았다. 나는 그 돌이 복숭아뼈에 맞았는데 눈물이 찔끔 나도록 아팠다. 언니가 제재를 해줬으면 했는데 그때도 언니 부부는 고택을 구경하느라 여념이 없었다. 보다 못한 남편이 조카를 제지했다.

"이건 던지면 아픈 거야. 이모부랑 저쪽으로 가자."

재밌게 돌을 던지며 놀던 세 살배기 조카는 제지를 당하자 그 자리에서 큰 소리로 울음을 터뜨리며 바닥에 드러눕고 말았다. 그 나이대에 할법한 투정이고 땡깡이었다. 남편은 조카를 달래다 결국 안고 밖으로 나갔다. 행동을 제지당한 채 억지로 품에 안긴 조카가 가만있을 리 없었다. 남편의 머리를 잡아당기고 물고 꼬집고 몸을 비틀며 떼를 썼다. 목소리는 어찌나 우렁차던지 귓가에 쟁쟁 울렸다. 고택에서 나와 조카를 내려놓고 여행하는 동안 참았던 남편 입에서 드디어 한 마디가 터져 나왔다.

"도대체 이걸 왜 내가 해야 돼? 애들 보는 건 부모가 하는 거잖아."

내 가족들과 온 여행에서 이런 말을 들으니 부끄러워

어딘가에 숨고만 싶었다. 그 순간에도 조카는 우렁차게 울어재꼈고, 고택 곳곳을 누비며 달리기를 했고, 자녀들의 안부에 아랑곳하지 않는 작은언니 부부는 한가롭게 고택을 구경했고, 나머지 가족들은 기진맥진한 채 고택 어딘가에 기대 숨을 고르고 있었다. 이 같은 상황에서 작은언니는 태연하게 말했다.

"원래 아이 한 명이 태어나면 온 마을이 함께 키우는 거야. 그러니까 가족 여행 오면 다 같이 애 보고 그러는 거야."

아이 한 명이 태어나 온 마을이 함께 키워야 한다면 나는 그 마을에서 이사를 나오고 싶은데, 태연한 작은언니를 보며 유자녀 가정과 무자녀 가정의 시선이 이토록 다르다는 점을 실감 나게 깨달았다.

그렇게 3일간의 여행이 지속됐고 각자의 집으로 돌아갔다. 우리 부부가 가장 자유로웠던 시간은 집으로 돌아가는 기차 안이었다. 조카들을 대신 맡고, 엄마가 여행지에서까지 밥 타령을 하는 모습을 지켜보느라 심신이 말라비틀어졌다가 모두에게서 벗어나 남편과 둘이 좌석에 기대니 그제야 천국이 펼쳐졌다.

그 여행에서는 기억나는 게 없다. 어떤 풍경을 봤는

지, 뭘 보고 왔는지도 잘 모른다. 온종일 뛰는 조카들의 꽁무니를 쫓고 정신없이 밥을 먹고 먹이며, 또 하도 우는 통에 귓가에 난청이 폭주한 기억만 남았다. 집에 돌아가며 우리 부부는 다시는 가족 여행을 가지 말자고 굳은 다짐을 했다.

여행이라는 단어에는 언제나 설렘과 기대가 담겨있고, 자유를 떠올리게 된다. 하지만 아이를 데리고 떠나는 여행은 달랐다. 어느 정도 수평적인 소통이 되는 나이가 되기 전까지 아이를 동반한 여행은 즐거움에 비례한 돌봄 노동을 감당해야 하는 나날이다. 물론 어릴 적부터 다양한 경험을 심어주고 추억을 쌓기 위해 아이를 동반한 여행은 의미 있다. 또 다른 가족들이 고생을 했지만 오랜만에 여행을 떠난 작은언니가 행복했을 테니 아주 보람없는 여행은 아니었다.

언니의 말대로 아이 한 명이 태어나면 온 마을이 키우던 세상도 있었다. 온 마을이 하나로 똘똘 뭉치던 시절, 냇가에서 빨래하고 호롱불 밑에서 다듬잇방망이 두들기던 시절에는 마을 사람들이 담장 구분 없이 아이들을 키웠을 것이다. 하지만 시대가 바뀐 이제는 한 아이가 태어나면 그 집에서 온전히 돌보는 것이 당연하다고 주장한다면 너무 냉정한 걸까?

　선택할 수 있다면 솔직히 아이보다는 나에게 좋은 기억을 주는 여행을 떠나고 싶다. 나와 배우자의 소중한 경험을 위해 여행을 떠나는데 뒤따라오는 고단함을 겪고 싶지는 않다. 나는 그저 여행을 여행답게 떠나고 싶다.

## 내가 찾아갈 수 있어서 다행이야

..................................................................................

글쓰기 강연이 잡혀 집과 조금 떨어진 곳으로 이동하는 날, 그 장소가 고향인 인천이라면 휴대폰 전화번호부 목록을 뒤적여 누군가에게 연락한다.

"나 며칠 뒤에 너희 동네 근처 갈 일 있는데, 점심 어때?"

제안을 받은 상대는 대번에 반긴다.

"좋지! 몇 시 도착이야?"

노트북과 카메라를 들고 헐렁한 작업복 차림이 아닌 단정한 차림새와 수업 자료를 넣은 USB 하나만 챙긴 날이라면 그 여정에서 누굴 만나도 불편하지 않다. 그래서 인천에서 수업이 잡히는 날 혹은 일정이 있는 날은 옛 친구나 선배에게 연락해 조우한다. 그리고 그 시간은 언제나 이른 점심 무렵에서 자녀가 집에 돌아오기 전까지 약 3시간 내외다. 지금이야 거리낌 없이 약속을 잡지만, 이 짧은 만남을 담담하게 받아들이는 데는 몇 년쯤 걸렸다.

언제부턴가 친구들을 저녁에 만날 수 없었다. 노을의 붉은 기운이 사라지고 시원한 바람이 부는 저녁, 거리를 산책하고 맥주 한잔하길 좋아하는 나로서는 먼저 결혼한 친구들이 해가 쨍한 낮에만 약속을 잡는 게 마뜩잖았다. 결혼한 여자가 해 진 뒤 돌아다니면 큰일 나는 것도 아닌데, 저녁은 집에서 먹어야 할 것 같은 암묵적인 분위기가 있었다. 낮에 약속을 잡더라도 저녁에 남편이 퇴근하기 전에는 집에 돌아가 기다리고 있어야 할 것 같은 껄끄러운 분위기였다. 게다가 아이가 태어나면 약속을 잡는 것은 더욱 하늘의 별 따기인 데다 약속 장소는 대개 친구의 집일 수밖에 없었다.

그나마 아이들이 얼추 자라 어린이집이나 유치원에 다니기 시작하면서 상황은 나아진다. 아이들이 등원하면 낮에 조금씩 여유가 생기고, 드디어 집이 아닌 밖에서 맛있는 음식과 차를 먹을 수 있게 된 것이다. 결혼 전처럼 저녁에 거리를 쏘다니거나 술을 마실 기회는 여전히 희박하지만 말이다.

시간이 좀 더 지나 나도 결혼을 했지만 자녀가 없어서인지 저녁 시간의 자유는 여전하다. 남편과 정한 서로의 통금 시간만 어기지 않는다면 문제 될 게 없었다. 하지만 나는 여전히 해가 지기 전 집에 돌아와 저녁 준비를 한다. 미혼이거나 자녀가 없는 친구를 제외한 다른 이들은 여전히 해가 뜬 낮 시간만 허용되는 세계에 살고 있기 때문이다.

친구들 사이에 비교적 결혼을 늦게 하고 자녀가 없는 나는 이런 면에서 몇 년간 홀로 불만을 끌어안고 있었다. 아이를 잠깐 누구에게 맡길 수는 없나, 퇴근한 남편에게 바통터치를 하면 되는 것 아닌가, 허구한 날 이른 점심 식사와 커피 한 잔이 전부라 답답했다. 전시회나 영화를 보러 가려면 시간이 애매하고 경치 좋은 관광지에 구경 가는 건 상상도 하지 못할 일이었다. 결혼했기 때문에, 아이가 있기 때문에 조금씩 포기해야 하는 게 있다면 이런 영역이었다.

상황 때문이라는 것을 알아도 나 역시 서운해진 나머지 가까이 사는 친구들이나 남편에게만 집중하게 됐다. 태어나고 자란 고향에 여전히 살고 있는 친구들과 서서

히 옅어지는 우정, 서운함과 답답함이 한데 묶여 마음속 거리가 점점 멀어졌다. 하지만 내 쪽에서 기별이 뜸하면 또 뜸한 대로 서운함이 무뎌졌고 다시금 연락이 왔다. 통 연락이 없는 내게 친구들은 한번씩 안부를 묻고, 어떻게 사느냐며 멋쩍은 질문을 했다. 어쩌다 꿈에 내가 나왔다며 연락하는 친구는 엉뚱하다 못해 귀엽기까지 했다.

서운함의 들숨과 무뎌짐의 날숨이 반복되는 동안 어느덧 나는 결혼 6년 차가 됐다. 이제 주변에는 자녀가 중학교에 입학한 친구가 있고 아직 어린이집과 유치원을 다니기도, 초등학교에 갓 입학한 자녀 덕에 허둥대는 친구도 있다. 아이의 스케줄에 자신의 일상을 끼워 넣고 사는 친구들을 십 년 가까이 지켜본 나는 서운함이라는 감정에 무뎌졌다. 한 생명을 낳아 온전히 책임지는 데 필요한 시간과 노고는 상상할 수 없을 만치 거대하다. 그 거대함에 눌려 친구들은 차 한 잔의 여유도, 맛있는 외식의 기억도, 예쁜 옷을 입고 나풀거리는 외출에도 의미 부여를 할 수 없었을 터다. 당장 눈앞의 생명을 책임져야 하는 그 무게감을 지켜보고 상상하는 것조차 버거운데 '만나서 노는 게' 대수였을까.

이런 깨달음에 닿기까지 수년이 걸렸다. 나는 이제야

볕이 가득한 시간에 만나 여전히 볕이 가득할 때 헤어지는 루틴에 아쉬워하지 않는다. 고작해야 일 년에 한번쯤, 어렵사리 시간을 맞춰서 만나는 친구들과 이른 점심을 먹고 서둘러 커피를 한 잔 마신다. 그렇게 일찍 헤어져도 집으로 향하는 친구들의 발걸음이 종종거린다는 사실을 알기에 가볍게 자리를 정리한다.

그래서 일이 있어 고향으로 향할 때 옛 친구들과의 시간을 조각조각 맞춰본다. 친구가 아이를 학교나 교육 시설에 등원시킨 뒤 간단하게나마 집을 치우고 머리 한번 매만지고 나올 수 있는 시간에서 시작해 자녀가 하원하거나 학교를 마치는 시간까지. 나는 강연이나 미팅을 피해 친구와 시간을 이어보고, 그 사이에 여유가 생긴다면 미리 카페에 도착해 책 한 장 들춰볼 채비를 마치는 것. 이렇게 서로의 시간을 잇다 보면 작디작은 천 조각을 이어 하나의 작품을 만들던 퀼트 시간이 떠오른다.

조각조각 이어 만난 날이면 그 귀중한 시간을 허투루 쓰지 말자며 밀린 이야기를 급히 꺼내고, 이왕이면 그날 먹을 수 있는 가장 맛있는 음식을 골라본다. 그럴 때면 친구들은 아이가 태어나기 전 개인으로서 성품과 취향을 드러내며 앳된 얼굴로 돌아온다. 긴장했던 어깨는 하

얀 머랭처럼 풀어지고, 물오른 살구처럼 얼굴에는 생기
가 돈다. 그리고 짧은 만남의 시간이 끝나고 헤어질 무렵
친구들은 다시 엄마의 얼굴을 하고 이렇게 말한다.

"오늘 와줘서 고마워."

"우리 자주 이렇게 보자."

"얼굴 보니까 너무 좋다."

집에 돌아오는 아이에게 따뜻한 엄마로 돌아가는 친
구를 배웅하고 나면 나 역시 가벼운 마음으로 귀갓길에
나선다. 돌아가는 길엔 우리 중에 누구라도 자유롭게 움
직일 수 있어서, 내가 이렇게 찾아와 한번씩 안부를 물
을 수 있어서 다행이라고 되새긴다. 아이를 키우는 친구
와 키우지 않는 내가 적절히 섞여있는 사회라서 이 정도
의 균형을 유지할 수 있다는 사실에 안도하면서 말이다.

이왕이면 친구들 역시 육아라는 의무에 꽁꽁 묶여있
기보다는 직업이든 취미든 자신의 시간을 선택할 수 있
다면 좋겠지만, 그런 유토피아를 꿈꾸기 전에 이렇게나
마 추억에서 소외되지 않은 오늘을 살아간다. 그리고 함
께 웃는다. 책임감을 짊어진 너와 조금 수고스럽게 사는
내가 만날 수 있어 그래도 다행이라면서.

## 우리는 여전히 자라고 있다

한번도 스스로 어른이라고 생각한 적 없다. 365일이 반복될 때마다 주어지는 숫자가 커지는 대로 어른이 되는 건 아니라고 본다. 그렇다면 '나잇값'을 못 한다며 따가운 눈총을 받는 그 수많은 사람들이 설명되지 않으니까 말이다.

사전에서 '어른'을 찾으면 다 자란 사람 또는 다 자라서 자기 일에 책임을 질 수 있는 사람이라고 한다. 어른의 부수적인 의미로 결혼을 한 사람도 있어서 소리 내 웃고 말았다. 결혼을 하면 어른이라니! 혼인신고가 사람을 어른으로 만들어주는 마법이었다니! 놀랍고도 웃겼다. 어쨌든 어른과 성인이라는 말이 동의어라 생각지 않는다. 하지만 만 19세부터 성인으로 분류되면서 이런 말을 줄곧 들었다.

"너도 이제 어른이니 자신의 삶에 책임져야 한다."

멋있는 자격 부여이자 두려움이었다. 주변 어른들에게 저 말을 들었을 땐 뭔가 잘못하면 사람들 앞에 끌려가 돌이라도 맞을 것 같았다. 아직 나 자신을 책임지기엔 가진 것도 능력도 없건만, 고등학교를 졸업하자마자 어른이라며 책임을 지우는 사회는 망망대해였다. 만 19세가 넘으면 미성년자가 아니기 때문에 경제활동을 비롯해 결혼과 출산, 연애 뭐든 자유였고, 또 행동에 따르는 책임 역시 온전한 내 몫이었다.

나는 성인이 되면서부터 스스로 벌어먹는 데 익숙한 상태였다. 고등학교를 졸업하자마자 낮에는 회사에 나가 일을 해서 등록금과 학원비를 벌고 저녁에 공부해 재수를 시작했다. 대학에 입학하고도 낮에는 학교, 늦은 오후부터 밤까지 아르바이트를 했다. 회사에 다니며 첫 해 등록금은 마련했지만 계속 학교에 다니려면 아르바이트를 쉴 수 없었다.

졸업 후에는 취직해 돈을 벌고 적금을 들고 삶을 꾸렸다. 20대는 돈을 벌어야만 삶을 이어갈 수 있었다. 대학 졸업을 얼마 앞둔 때, 가족이 함께하던 사업이 완벽하게 무너지자 나는 쉬지 않고 일하며 생활비를 보태야 했다. 그런데도 집안 사정은 도무지 펴지지 않았고, 나름대로 품던 꿈의 가짓수를 줄여가며 절약하지 않으면 집안의 악인이라도 될 것만 같았던 그 시절은 책임감 그 자체였다.

만약 도피할 수 있다면 어른이 되지 않는 세계로 떠나고 싶었다. 만 19세가 됐으니 이제 세상의 짐을 져야 한다며 어깨에 이것저것 올리는 게 어른이라면 안 하고 싶었다. 책임질 것 없이 가벼운 사람으로 살고 싶었다. 그래서 결혼 이후 자녀에 대한 상상과 계획을 논할 때 '책임'이란 단어는 나를 얹히게 했다. 하지만 이런 나와 달리 어른들은 책임이라는 가치를 긍정적으로 말하곤 했다.

"애가 있어야 책임감도 생기지."

"책임감이 있어야 진짜 어른, 진짜 가족이 되는 거야."

"애가 생기면 남자들이 책임감이 생기고 가장 역할을 한단다."

그런 말들을 듣노라면, 갖고 싶지 않은 책임감이 결혼한 사람의 필수 덕목인 듯했다. 아이가 생기면 책임감이 필요하다. 한 생명이 태어나 의사소통이 가능하고 위험한 순간을 감지할 정도까지 성장시키려면 보호자가 절대적으로 필요하다. 그 시기에 보호자가 없거나 혹은 보호자의 책임감이 결여된다면 그 아이는 어떻게 자라게 될까. 얼마나 위험에 노출될까.

아이를 키우는 데 책임감이 필수겠지만, 책임감이 진짜 어른을 만든다는 말에는 도리질을 하고 만다. 반듯한 사람으로 자라는 데 책임감이 영향을 줄 순 있지만 성장의 주체가 될 순 없다. '진짜 어른'은 한두 명의 자녀가 있고, 부모에게 효도하며, 모나지 않게 평범하게 사는 정상가족의 표본이 아니다. 진짜 어른은 하나의 표본으로 규정할 수 없는 인간 군상 중에서 존중받아 마땅한 존재들일 뿐이다.

게다가 아이가 태어남으로써 남자에게 가장의 멍에를 지우고 책임감을 운운할 거라면 애초에 그 결혼은 성사되면 안 될 위험한 결혼 아닐까? 성인 두 명이 동등한 입장에서 가정을 꾸려야 하는데 둘 중 한 명에게 가장이란 이름의 부담을 지운다면 책임감이란 가면을 쓴 폭력에 불과하다.

가부장적 사고방식에서 벗어난 시대를 산다면 가장의 필요성도 없거니와 동등한 입장에서 부부 생활을 해야 한다. 물론 아이가 태어난다면 육아를 같이 분담하는 것은 말할 것도 없다. 다시 말해 부부 중 한 명에게 가장이라는 역할을 떠맡기느니 경제활동, 가사, 육아 등 가정의 모든 것을 함께하는 게 진정한 책임일 것이다.

그리고 모든 잣대를 떠나서 책임감 없이 살고 싶은 나 같은 사람도 있다. 사실 책임감에 대해 언급될 때 분위기를 깨기 싫어 입 밖으로 꺼내지 못한 말이 있다.

"책임감 없이 살면 나쁜 사람인가요?"

나는 책임감이 크지 않다. 앞으로도 책임감에 그리 얽매이지 않고 싶다. 책임져야 할 행동에는 마땅히 책임져야겠지만 '진짜 어른'이 되기 위해, 정상 가족의 틀을 유지하기 위한 책임은 지고 싶지 않다. 이런 책임감이 반드시 갖춰져야만 어른인 걸까? 책임감이 가진 이면에 부담과 멍에는 보이지 않는 걸까? 정말 책임감 없이 살면 나쁜 사람인 걸까?

내가 생각하는 책임감이란 쓰레기를 무단 투기 하지 않고 교통법규를 지키는 것, 타인에게 불편을 야기하지 않는 것, 소신 있게 행사하는 참정권, 정직하게 세금을 납부하는 것 등이다. 이 사회에 속한 이상 타인에게 폐가 되지 않는 선을 지켜나가는 게 책임감 아닐까.

가족 구성원으로서 책임감도 있다. 나와 배우자의 건강이 상하지 않도록 배려하고, 배우자가 상처받거나 힘든 상황이 생기면 고통을 나누고, 필요한 순간엔 힘껏 응원하고 에너지를 더하는 것. 그게 내가 생각하는 가족의 책임이다. 아이를 낳지 않는다고, 아이를 통해 남편에게 대장 노릇을 시켜주지 않는다고 해서 책임감이 없거나 어른이 될 조건이 미달되진 않는다.

혹자는 나를 결핍으로 점철된 유년기와 20대가 다시금 결핍을 낳아 책임감을 기피하는 사람으로 평가할지도 모르겠다. 물론 결핍이 결핍을 낳을 수도 있지만 그건 흔한 낙인찍기에 불과하다. 오히려 익숙해질 정도의 결핍에 시달렸음에도 남들처럼 살겠다고 아등바등하지 않고 주체적으로 살 수 있음에 안도한다. 나 자신을 스스로 칭찬할 정도로 말이다.

책임져야 할 순간을 만나면 항상 뜸을 들이고, 책임감에서 자유로운 채 살고 싶은 내가 어른이 아니라면 앞으로도 계속 '어린 이'로 살면 어떨까? 책임감에 다부진 사람으로 살기보다 어린 채로, 어린 사람으로 사는 것도 나쁘지 않을 것이다. 서른이 넘고 마흔이 된다고 해서 꼭 책임감 넘치고 우직하게 살아야 할 이유는 없다. 나인 채로 살면서 언제든 팔랑거리고 싶을 뿐이다.

그런 의미에서 나는 자라는 중이다. 어른이 되려면 아주 멀었다. 어른이 되는 순간이 영영 오지 않을지도 모르는 나는 언제까지나 어린이다.

# 딩크족의 노후 대비

너무나 까마득한 미래라서 조금은 피하고 싶은 게 있다면 '노후'다. 심심치 않게 들려오는 노후 대비라는 말은 어렵고 복잡해서 저만치 미뤄둔 마지막 숙제 같다. 다이아몬드 콕콕 박힌 수저 물고 태어나지 않는 이상, 평범한 근로자인 우리 부부에게 확실한 노후 대비가 가능하긴 할까? 나이 먹고 은퇴한 뒤에 남루하게 살지 않으려면 확실한 계획과 많은 노력이 필요할 터였다.

100% 실행에 옮긴 것은 아니지만 우리 부부는 주택을 구입하면서 대략적인 노후 대비 시점을 정했다. 현재까지는 계획에 차질 없이 진행되고 있다. 자녀에게 드는 비용이 없어서인지 우리는 빈곤한 생활을 하지 않으면

서 조금씩 노후를 준비하는 중이다. 스스로 노력해서 만들어가는 미래다.

그래서인지 가끔 얄밉다. 먼 미래에 '자식'이라는 기댈 곳이 필요하다고 주장하는 사람들이, 늙고 힘없을 때 곁에 있어주는 건 자식밖에 없다고 말하는 사람들이. 사랑으로 키워놓고선 그 사랑을 언젠가 보상받으려는 사람들이 얄밉다. 간혹 자녀가 그 주장에 반하는 행동을 하면 이런 말도 나온다.

"내가 너를 어떻게 키웠는데?"

아침 드라마에 나올법한 멘트지만, 한번씩 자녀가 부모의 마음을 거스를 때 농담처럼 나오는 말이기도 하다. 나이 먹고 힘없을 때 경제적으로나 물리적으로 기대고 싶은 게 자식일 수도 있고 언젠가 외로움이 커질 때 감정적으로 기대고 싶은 대상이 자식이 되기도 한다. 갱년기가 찾아오거나 배우자가 사망한 뒤 독거노인이 됐을 때, 노년의 허망함을 도무지 받아들일 수 없을 때 자녀에게 의지하고 함께 다복하게 살고 싶은 마음도 들 것이다.

사실 우리 부부가 자식이 없어 후회할까 봐 걱정했던 부분도 이 대목이었다. 우리 중 한 명이 먼저 세상을 뜨면 자녀가 없는 나머지 한 명은 외로움과 슬픔을 어떻게 견딜 수 있을까? 그럼에도 불구하고 자식 없는 삶이 우리에게 보다 유리하다고 선택한 사유는 명확했다. 부모 세대가 우리에게 의지할 때, 의지를 넘어 의존할 때 얼마나 힘들었는지 잘 알기 때문이다. 부모에게 받는 데 익숙한 사람들은 미처 모를 수 있는 무게감을 우리는 뼈저리게 알고 있었다.

나는 고등학교를 졸업하고 돈을 벌기 시작하면서부터 가정에 어려움이 처하면 온 가족이 십시일반 돈을 모아 문제를 해결했다. 그 때문에 적금도 자주 해지했다. 이런 책임에 대한 문제들로 자주 괴로웠다. 갱년기에 접어든 엄마는 서른 줄에 접어든 나에게 수시로 농담처럼 떠봤다.

"너는 결혼 안 하고 나 데리고 살면 안 돼?"

경제적 능력이 취약해진 엄마에게 도움을 드릴 수는 있었지만 평생 책임지겠다고 단정할 수는 없었다. 그래서 '모시고 살아달라'는 말을 들을 때마다 웃으며 얼버무렸지만, 하루빨리 이 감옥에서 벗어나야겠다고 다짐했다. 물론 결혼 후에도 의무적으로 친정에 들러 홀로 지내는 엄마를 챙겼다.

우리 집에는 오이지를 담글 때 절인 오이를 눌러놓는

넓고 묵직한 돌이 있었다. 어른인 내가 들어도 허리를 쭉 펴기 힘들 정도로 무거운 그 돌은 엄마를 마주할 때마다 내 가슴팍에 날름 올라와 앉았다. 배우자가 없어 홀로 지내는 부모의 외로움과 슬픔을 달래고 가까이 살면서 돌봐드려야 한다면 그 자식의 여생은 가슴에 묵직한 돌 하나를 얹고 사는 일이다. 그 돌에 눌려 피도 통하지 않은 채 살았던 나는 그 고통을 너무 잘 알기에 혹여나 홀로 남은 나의 노후를 위해 자녀를 두는 발상은 도무지 할 수 없었다.

남편도 마찬가지였다. 시가는 친정에 비해 비교적 여유가 있고 노후 대비가 잘 돼 있지만, 시부모님은 애지중지 키운 아들들에게 거는 기대가 큰 분들이었다. 그 중에서도 큰아들인 남편에게 기대하는 바가 아주 크셨다. 한번씩 농담처럼 키워준 대가를 받고 싶다거나, 너는 부모덕 보고 살았다며 옛이야기를 늘어놓으실 때마다 나는 속으로 기겁했고 남편에겐 일종의 족쇄였다. 나와 남편은 마치 평생 갚아도 끝이 없을 빚더미에 앉아있는 듯했다.

부모 세대가 이토록 기대하는 이유는 아마 그들도 그들 부모 세대의 기대와 보상 심리에 응답하며 살았기 때문일 것이다. 우리의 조부모 세대로부터 부모 세대가 얼마나 마음고생을 하며 살았는지, 자식 된 도리를 하느라 얼마나 전전긍긍했을지 짐작되는 부분이다. 그래서 가족계획을 세우기 전부터 이런 마음을 자주 먹었다.

'나만큼은 자식에게 부담이 되지 말아야지.'

'혹시 나도 자식에게 헛된 기대를 하면 어떡하지?'

그런 불안감과 더불어 자녀가 결코 노후 대비책이 되면 안 된다는 확신이 들었다. 언젠가 경제활동이 끝나고 제로 임금의 상태가 되었을 때 남은 노후를 자녀에게 온전히 맡기는 건 무모하고 위험한 발상이다. 예상치 못하게 자녀가 생긴다 해도 내 노후에 털끝만치도 도움받고 싶지 않았다. 내가 사망할 무렵 재산이 있다면 자손에게 남길 수야 있겠지만 역으로 어린 자손의 재산과 노동력을 털어먹는 건 안 될 짓이라 생각했다. 또 물려줄 재산을 담보로 효도를 받으려 한다면 그 역시 치사하긴 마찬가지였다.

그래도 자녀를 갖고 싶다면 그저 낳아서 키우는 것만으로도 만족하고, 받는 것 없이 주기만 해도 행복해야 좋은 부모이지 않을까 생각했다. 그러니 희생과 투자를 감내하고도 자녀를 두고 싶다면 낳는 게 맞다. 하지만 무엇도 감내하고 싶지 않고 헛된 기대가 생길 가능성을 배제할 수 없다는 판단이 든다면 딩크를 선택하는 게 맞았다. 사람이라면 조금이나마 기대가 생기게 마련이라는 냉정한 이치는 내가 딩크를 선택하는 데 힘을 실었다.

나는 되도록 멋진 노인이 되고 싶다. 누군가에 의존하느니 내 입에 들어가는 것을 스스로 감당하고 언제나 말끔한 사람으로 늙고 싶다. 현시대의 노년층을 보며 연금과 자산 축적의 중요성을 깨달은 우리는 금전적인 면에서 더욱 현실적인 대비를 하려고 한다. 또한 1인 가구와 싱글이 다수를 이루게 될 미래를 생각한다면 우리의 노후가 그리 외롭지만은 않을 것이다. 시니어 문화와 커뮤니티가 발달하고, 복지수준도 조금은 선진화될 시대에 나의 노후는 기대해 볼만한 미래다.

그러려면 노후 대비는 더욱 철저해야 하고, 그 대비와 계획에 추상적인 의존은 없어야 할 것이다. 사랑만 줘도 모자랄 자녀에게 미래의 외로움과 누추함을 해결해 달라는 투정을 부려서는 안 된다는 뜻이다. 다시 말하건대 아이는 노후 대비책이 아니다.

모카를 키운 지 일 년이 넘었다. 얼마 전 남편이 모카를 쳐다보며 지나가듯 한 말이 있다.

"우리는 얘한테 바랄 게 없어서 참 다행이야."

기대하고 바랄 게 없어서, 그저 건강하게 자라면 그뿐인 반려견이라 다행이라는 사실에 크게 공감했다. 딩크족의 노후 대비 역시 자손에게 기대하고 바랄 것 없이 차근차근 준비할 수 있기 때문에 명료하면서 매력적인 선택지가 아닐까?

# '키우는' 커뮤니티

· · · · · · · · · · · · · · · · · · · · · · · · · · · · · · · · · · · · · · · · · · · · · · · · · · · · · · · · · · · · · · · · · · ·

"우리도 산책 모임 같은 것 해볼까?"

모카를 데려온 뒤 남편이 먼저 꺼낸 말이다. 생각해 보면 나나 남편이나 친구며 동료며 인간관계를 두루 이어 가는 것처럼 강아지에게도 대견 관계(?) 같은 게 필요하다 싶었다. 언젠가 들은 이야기에 따르면 집에서 가족들하고만 지내는 개는 자신이 개인 줄 잘 모른다고 했다. 집 밖에서 다른 사람과 다른 개들을 자주 만나야 사회화가 된다고 했다.

예방접종을 마치고 첫 산책을 하러 나갔을 때 모카는 바닥에 네 발을 딱 버티고 서서 움직이지 않으려 했다. 어찌나 힘주고 버티는지, 발바닥에 상처라도 날까 조마

조마했던 시절이다. 지나가는 개를 보고는 기겁을 해서 내 뒤에 숨느라 데굴데굴 구르기도 했다. 그런 모카에게도 친구가 있다면 아파트와 차도로 뒤덮인 사람의 세계에서 사는 게 조금이나마 위안이 될 거란 기대가 생겼다.

필요성은 느꼈지만 어디서 모임을 시작해야 할지, 이미 모임이 있다면 어디 있는지 사전 지식이 없었다. 일단 온라인에서 반려견 관련 커뮤니티에 가입했다. 회원 수가 압도적인 곳이었다. 그곳에서 모카를 키우며 궁금한 점을 묻거나 일상을 공유했다. 그 속에서 지역 모임이 있다면 참여해 보려고 찾아봤으나 눈에 띄는 모임은 없었다. 그리고 사람이 모이는 곳이면 으레 그렇듯, 커뮤니티 안에서 의견이 다른 사람들끼리 충돌이 벌어지고 있었다.

그 충돌의 일부가 내게도 튀었다. 누군가 특정 사료에 관한 질문을 올렸는데, 마침 모카가 먹고 있는 사료라 내가 느낀 점을 댓글로 달았다. 그리고 거기에 몇몇 사람이 다시 댓글을 달아 "어떻게 이런 쓰레기 같은 사료를 먹일 수 있느냐.", "국산 사료는 먹이면 안 된다."라며 비난과 훈계를 늘어놓았다. 성분을 하나하나 따져가며 비난하는 사람도 있었다.

내가 먹는 음식 성분도 전부 못 챙기는데 강아지 사료

성분까지 일일이 챙길 수가 있을까. 평소 우리 가족이 먹는 식자재를 좋은 것으로 고르려고 애는 쓰지만 매번 따지며 살 수는 없었다. 깨알 같은 글씨로 식자재 봉투에 적힌 성분을 모두 읽고 어떤 성분인지 검색하며 물건을 고를 여력이 얼마나 될까. 강아지 사료 또한 좋은 것을 먹이고 싶은 마음이야 다들 같겠지만 세세한 부분까지 미처 챙기지 못한 것일 수도 있는데 성분에 이토록 핏대 세울 일인지 도무지 이해가 가지 않았다.

뿐만 아니었다. 잠들 시간이면 자연스럽게 울타리 안 방석에 들어가는 모카에게 울타리는 일종의 휴식처였다. 그래서 한동안 거실에 울타리를 설치해 뒀는데 그게 누군가에게는 동물 학대였다. 하루에 한번, 날씨가 궂으면 이틀에 한번 나가는 산책 역시 누군가에게는 동물 학대이기도 했다. 정보도 얻고 소통하는 재미도 느낄 겸 가입한 커뮤니티는 융통성이 사라진 채 언제부턴가 시험 치는 공간이 되었다. 누군가는 자꾸 가르치고 다그쳤고, 누군가는 쩔쩔매고 비난받고 배워야 했다. 결국 가입한 지 몇 달 되지 않아 탈퇴 버튼을 누르고 말았다.

이후 별다른 커뮤니티 없이 지내다가 전에 가입했던 지역 카페에서 홍보 글을 하나 발견했다. 내가 살고 있는 지역 중심으로 산책 모임을 열었다는 글이었다. 링크를 눌러 채팅방에 들어가 봤다. 약 50명 정도 있던 그 채팅방에서 인사도 나누고 모카 사진도 올리며 적응을 시도했다.

그 와중에 나는 그들만의 리그가 이미 형성되었음을 알 수 있었다. 50여 명의 참여자 중 대여섯 명 정도 안면을 튼 사람들끼리 따로 모여 산책을 하고, 회식을 하고, 별도의 SNS로 연락을 주고받았다. 나머지 40여 명의 사람들은 낄 틈이 없이 너무나 돈독해진 상태였다.

게다가 그중 누군가가 도시락을 싸서 서로의 집 현관 문고리에 걸어두며 친목을 공고히 다지고 있었다. 도시락을 받은 특정인들은 음식 맛을 칭찬하며 이웃에게 건넬 수 있는 최대치의 찬사를 늘어놓았다. 나머지 다른 사람들은 입도 벙긋 못 한 채 유령처럼 있었고, 오로지 그 몇 명의 사람들만 24시간 온종일 대화창에서 잡담을 나누거나 그들만 알아챌 만한 장소에서 따로 만나고 있었다. 채팅방이 생긴 지 한 달도 채 되지 않아 이 정도로 끈끈해졌다는 게 나로서는 미스터리할 정도였다.

마음만 먹으면 입에 발린 소리와 친화력을 발산하며 그 그룹에 합류할 수도 있었다. 하지만 아침에 도시락을 날라다 주는 노동력을 공유할 수도, 하루 종일 대화방에서 잡담할 정도의 시간을 낼 수도, 하루에 두세 번씩 산책을 빌미로 만나 친목을 도모할 수도 없었다. 이 채팅방에서도 나는 얼마 지나지 않아 나가기 버튼을 눌렀다.

온라인 커뮤니티에서 한 번, 그리고 오프라인 중심 커뮤니티에서 적응에 실패한 뒤 내가 친화력이 떨어지거나 성격이 모난 게 아닐까 곰곰이 생각해 봤다. 분명 그 안에서 친분을 쌓고 즐겁게 지내는 누군가가 있으련만, 결코 참을 수 없었던 건 필요 이상의 극성이었다. 온라인 커뮤니티에서는 사료 성분을 하나하나 체크하고, 개를 키운다면 내 직업과 일상과 관계없이 하루에 두세 번 산책을 다녀와야 옳았다. 물론 말 못 하는 동물과 함께하는 과정에서 생기는 배려들이지만 그보다는 개를 중심으로 삶을 모조리 편집해야 할 것 같은 극성이었다. 오프라인 중심의 채팅방에서는 정보 교류는 둘째고 특정 몇 명이 만들어놓은 그들만의 리그에서 거의 충성에 가까운 친화력과 이웃 사랑을 시간과 노동으로 증명해야 했다. 가까운 데 산다는 이유로 하루에 두세 번씩 만나고, 함께 밥을 먹고, 내내 웃는 낯으로 채팅방에서까지 깔깔거려야 하는 건 소모적이었다.

두 번의 커뮤니티 시도에 실패한 뒤 남편 역시 신경 쓰였는지 회사 동료들과 이야기를 나눈 모양이었다. 동료들은 모두 기혼자였고 아이를 키우는 사람과 반려동물을 키우는 사람이 섞여있었는데, 그들도 우리 부부와 비슷한 경험과 감정을 가졌다고 한다. 그들의 대화는 이렇게 끝났다고 했다.

"아이 육아든 반려동물이든 무언가 키우는 사람들의 커뮤니티는 너무 맹목적인 경향이 있는 것 같아."

그제야 생각나기를, 모카를 잘 키워보겠다며 가입한 커뮤니티들과 그 속에서 마주한 풍경들은 출산과 함께 내 일상에서 배제할 수 있어 다행이라 생각했던 육아 커뮤니티의 풍경과 닮아있었다. 육아하는 부모의 세상엔 아이가 중심에 있다. 그러다 보니 아이에게 맞게 삶이 편집된 일부 엄마들이 보여줬던 모습들이 떠올랐다. 자녀에게 프리미엄 식재료를 먹이지 않는 다른 엄마를 험담하는 모습, 평소 도덕적 관념에서 벗어나더라도 아이 중심으로 판단하는 편파, 아이들끼리 친구가 되면 그들의 엄마들이 친해져야 하는 의무적인 굴레 등. 그런 모습이 유난이라고 생각했는데, 반려견을 키우며 나 역시 그 풍경에 참여하려 했던 걸까?

다 큰 어른들 사이의 적당한 친분과 교류로 피로감이 덜한 관계를 만들고 싶었다. 종종 모여 강아지들이 신나게 뛰놀고, 곁에서 어른들이 부담 없이 커피 한잔하는 딱 그 정도의 온도가 필요했다. 서로의 사생활은 굳이 속속들이 알 필요 없다. 그저 근래에 일어난 재밌는 일화를 주고받거나 강아지를 키우며 느낀 점을 나누는 정도의 관계면 족했다. 하지만 커뮤니티를 찾아내는 내공이 부족한 건지 운이 없는 건지 나는 원하는 온도보다 아주 높게 끓어오르는 곳만 만나는 바람에 화상을 입은 격이었다. 결국 사람이든 반려동물이든 생명을 키우는 입장에서의 커뮤니티 활동이 그리 쿨하지 않은 세상인 것 같다. 생명을 키우는 사람들의 커뮤니티에선 자유롭고 편안하다 못해 쾌적한, 부채감 없는 인간관계가 어려운 걸까?

'키움'에 얽매이지 않는 생활, 즉 가족과 친구와 일상과 모든 것이 적당한 소중함을 지닌 채 살아가는 것. 그 과정에서 공통분모를 즐기는 인간관계를 꿰어가는 게 내가 꿈꾸는 커뮤니티다. 막상 써놓고 보니 이상향이 그리 어려운 것도 아닌데 아직 만나지 못했다. '키우는 커뮤니티'의 뜨거움에서 한발 비켜선 우리 부부는 오늘도 모카에게 하네스를 채우고 세 가족이 단출하게 산책을 나선다.

# 미지의 아이

나처럼 아이를 갖지 않기로 한 어느 그림 작가의 에세이를 읽었다. 작가는 남편과 오랜 상의 끝에 아이 없이 둘이 살기로 정한듯했다. 뚜렷한 사연이 있는 것은 아니었고, 둘의 삶의 방식이 그러했던 모양이다. 그렇게 마음먹은 작가는 이번 생에 만나지 못하게 된 아이, 어쩌면 태어날 수도 있었지만 태어나지 못한 상상 속 자녀에게 아쉬움을 느낀다는 말을 적어놓았다. 그 대목에서 울컥했다. 나에게도 만나지 못한 미지의 아이가 있기는 매한가지니 말이다.

가족계획이라는 말이 거창하게 느껴지던 시절, 자녀가 나를 닮느니 차라리 배우자를 닮는 게 백번 낫겠다고 생각했던 그때. 나와 남편은 우리의 자녀를 자주 상상하곤 했다. 나름 추구하는 교육 방식도 있었다.

"글은 늦게 가르치자. 글자를 인지하면 어디서든 자꾸 글자만 눈에 들어오니까, 정작 주변 풍경을 놓치게 되잖아. 우리 아이가 다양하게 바라보고 살았으면 좋겠어."

"음악은 꼭 가르치고 싶어. 피아노도 좋고 바이올린도 좋아."

"우리가 책을 좋아하니까 아이도 당연히 책을 좋아하겠지?"

상상 속 아이는 나보다는 남편, 남편 입장에서는 본인보다 나를 닮은 채 세상에 태어나 말썽 한번 안 부리고 자라 피아노를 치고 그림을 그리고 공부도 곧잘 했다. 우리에게 상처 되는 말은 단 한번도 입에 올리지 않고 비행에 빠지지도 않을 그 아이. 비현실적인 그 아이는 세상에 태어나지 않았다. 우리 부부가 둘만의 삶에 집중하기로 마음을 먹고, 우리 둘의 꿈을 이루고 노후를 준비하자며 약속을 할 때 상상 속 아이는 홀연히 사라졌다.

태어나지 않은 아이들이 부모에게 배정되지 않은 미지의 세계에 먼저 살고 있었다면 아마 이런 대화를 나누지 않았을까?

"너 이번에 그 집으로 가는 거야?"

"아니, 그 집 부부는 둘만 잘 살기로 했대."

"아쉽겠네."

"괜찮아. 내가 살기에 좋은 집으로 찾아가면 되니까."

우리 부부에게 태어나지 않은 미지의 아이는 어떤 아이였을까? 분명 건강한 몸이 있어야 할 아이지만 어쩐지 내 머릿속에서 미지의 아이는 핑크나 민트색을 띤 모호한 무형의 존재일 것만 같다. 손을 뻗으면 흩어져 버리는 안개 같은 존재. 혹은 형태가 있다면 캔디처럼 아주 작은 존재, 동화 속 엄지 공주일지도 모른다. 아이라는 존재가 그런 모습일 리가 아닌 걸 알면서도 우리의 의지로 배정받지 않은 아이의 모습은 그렇게 상상되고야 만다.

지금껏 만난 적 없었고, 앞으로도 만날 일 없는 미지의 아이를 떠올리며 나는 딩크로서의 삶에 내리 만족할 수 있을지 깊이 자문해 보았다. 아이를 키운다는 건 때로는 고단하고 상처받으면서도 즐겁고 보람된 일일 것이다. 그 특별한 즐거움 대신 내게 주어진 재능과 기회, 손만 뻗으면 얻을 수 있는 다양한 세상의 형태가 있다. 지금 가진 것과 앞으로 누리고 싶은 것만으로도 벅찬 삶에서 아이를 키우는 즐거움과 행복이 빠져도 나는 내내 괜찮은 사람일까.

만약 삶의 즐거움을 일곱 색깔 무지개에 빗대었을 때 그중 아이를 낳아 키우는 행복을 보라색이라 치자. 보라색이 빠진 무지개는 어떨까. 보라색 없이도 예쁠까, 있으나 없으나 탈 없이 무지개일까. 보라색이 빠져서 부실한 무지개는 아닐까.

그렇게 일곱 색깔 분석에 푹 빠져 아이 없이 사는 나라는 사람을 보다 구체적으로, 성실하게 관찰했다. 그 결과 나는 보라색이 빠진 나머지 무지개색의 폭을 넓혀 진득하니 음미하는 쪽이라는 결론을 내렸다. 여섯 가지 색깔의 폭을 조금씩 넓혀 일곱 색깔 무지개와 똑같은 폭의 무지개를 만드는 사람. 가짓수가 줄어든 대신 그 색깔을 폭넓게 바라보고 깊이 느끼는 사람. 아이 없는 사람으로서의 내 행복은 그 정도의 무지개가 아닐까. 보라색이 하나 빠진 무지개는 조금 심플하면서 단정한 무지개가 될 것이다. 나는 그 위에서 자유롭게 살아가기를 선택했다. 혹여나 남는 공간이 있다면 내가 좋아하는 뽀얀 광목천이나 은은한 레이스를 둘러 언제든 어여쁘고 유쾌한 무지개를 엮어가리라.

대신 만나지 못한 미지의 아이에겐, 앞으로도 영영 못

만나게 될 무형의 아이에겐 쓸쓸한 인사를 남긴다.

"우리 부부보다는 너에게 시간과 영혼을 나누는 데 아낌이 없는 부모에게 갔기를 바라."

미지의 아이는 이미 어느 평온한 가정으로 갔을 거라며 마음의 짐을 털어낸다. 그렇게 나는 오늘도 보라색이 빠진 채 더욱 선명한 무지개를 펼치고 낮잠을 청한다.

# 취미가 어떻게 되세요?

........................................................................

직업 못지않게 한 개인의 성향과 성품이 잘 드러나는 것이 취미 아닐까? 직업은 적성에 경제적 요인, 생활환경 등 다양한 요소가 작용한다. 그에 비해 취미는 타인의 강요가 깃들지 않아 순결하게 자신을 드러낼 수 있으며 온전한 즐거움을 만끽할 수 있는 영역이다.

직장 생활을 시작한 20대부터 내 취미는 일관성이 있었다. 손을 사용해 무언가를 만들어내는 취미였다. 주로 퀼트와 테디베어 만들기를 즐겼다. 당시 만든 가방이나 파우치는 여전히 사용하고 있다. 만드는 활동 자체를 즐거워하면서도 결과물이 손에 잡히는 취미를 즐기는 성향인 나는 '실속형'이 아닐까 싶다.

실속형 취미는 지금도 계속되고 있는데 2년 전부터 위빙과 캔들 만들기를 하고 있다. 위빙은 베틀에 실을 끼워 직물을 짜내는 것으로 실의 종류와 색깔의 조합에 따라 매우 다양한 결과물이 나온다. 캔들은 내가 좋아하는 향료를 넣고 순한 재료로 만드는 데다 장식을 어떻게 하느냐에 따라 완성도를 높이는 즐거움이 있다.

이런 나와 달리 남편은 '스포츠형'이다. 남편은 결혼 전부터 쭉 검도를 해왔다. 검도는 혼자 집에서 검을 휘두르며 공기와 싸울 게 아니라면 반드시 도장에 나가 대련 상대와 겨뤄야 한다. 어딘가의 장소로 이동해 취미를 즐기는 게 귀찮은 나와 달리 남편은 꾸준히 검도를 다녔다. 신혼 초에는 킥복싱을 배운 적도 있고, 작년에는 주짓수를 배웠다. 전염병으로 운동을 배우는 게 어려워지자 홈트도 시도했다.

스포츠형 취미는 실속형과 비교하면 남는 물건이 많지 않다. 비싼 돈 주고 산 도복 정도인데, 집에서 입을만한 옷도 아니고 두껍긴 어지간히 두꺼워서 해당 종목을 배울 때만 입는 옷이다. 그래서 집에는 남편이 운동을 배울 때마다 산 도복들과 장비, 보호구 등이 가득하다.

대신 스포츠형 취미는 건강하게 땀 흘리며 운동한 후

의 단단함, 몸을 움직여 스트레스를 해소하는 감각의 최고치를 얻는다. 예기치 못한 병도 얻는다. 주짓수를 배우던 남편이 대련 상대인 여자 고등학생에게 얻어맞아 갈비뼈에 금이 간 일은 두고두고 놀림거리다. 그때 남편은 두 달 정도 치료를 받으며 조금만 몸을 굽혀도 "아야, 아야." 하고 앓는 소리를 했다.

오랫동안 실속형을 추구하던 내가 작년부터 새롭게 시작한 취미가 하나 더 있는데 바로 '덕질'이다. 월드 스타 반열에 오른 방탄소년단 팬이 됐다. 방탄소년단을 알게 된 이후 허구한 날 그들의 영상을 보고 노래를 들었다. 아이돌 콘서트에 가는 게 그리 어려운 줄도 처음 알았다. 콘서트 티켓팅을 할 때마다 긴장해서 손을 덜덜 떨었다. 팬클럽 멤버십에 가입하고, 내가 직접 갈 수 없는 공연은 생중계를 기다렸다가 모니터 앞에서 혼자만의 파티를 벌였다. 생중계로 공연을 보는 날이면 남편에게 선전포고를 했다.

"나 오늘 10시까지 방탄소년단 봐야 하니까 찾지도 부르지도 마."

그러면 남편은 잔뜩 삐진 얼굴을 하지만 내 덕질을 막을 수는 없다. 이처럼 우리 부부는 각자 추구하는 취미 생활을 마음껏 누리며 살고 있다. 각자의 일, 둘이 함께하는 일상과 더불어 개인으로서 즐기는 취미 생활. 그 소중함을 알기에 각자의 취미를 영위하는 데 드는 시간과 에너지, 지출을 아끼지 않는다.

가끔은 둘이 함께 취미를 즐길 때도 있다. 우리 부부는 함께 도예 클래스를 등록해 도자기를 만든 적 있고, 이따금 케이크를 만들거나 쿠키를 굽는 등 홈베이킹을 한다. 조만간 둘이 함께 배울 운동도 알아보고 있다.

이런 취미 생활은 아이가 없기에 가능함을 충분히 알고 있다. 아이가 있는데 내가 방에 틀어박혀 방탄소년단 공연을 마음 편히 볼 수 있을까. 아이를 몇 시간씩 집에 두거나 어딘가에 맡기고 우리 부부가 도자기를 굽는 게 가당키나 할까. 위빙을 한다고 베틀을 잡으면 아이가 가만두지 않을 것이며, 캔들을 만든다고 왁스를 녹일 땐 얼마나 조마조마할까. 일주일에 몇 번씩 운동을 배운다고 나가는 남편에게 눈을 흘기지 않을 자신도 없다.

그런 부분에서 자유롭기에 우리는 배우고 싶은 것을 실컷 배우고, 배운 것을 일상에 실현하는 시간에도 여유가 있다. 내가 만들어낸 물건을 보며 남편은 손뼉 치며 기뻐하고, 개운하게 운동하고 돌아온 남편의 경험담을 듣는 시간은 내게도 즐거움이다.

아이 없는 부부라서 취미가 자유롭다 말하지만 이런 생활을 이해하지 못하는 누군가 혹은 어르신들은 "취미가 대수냐."고 말할지도 모르겠다. 취미가 얼마나 대단해서 가족을 만드는 것보다 중요하냐고 말이다.

우리가 취미를 즐기기 위해 아이를 낳지 않은 것은 아니지만, 아이를 낳지 않기로 선택함으로써 부수적으로 얻은 시간이다. 다만 해를 거듭할수록 확신이 든다. 가족보다 취미가 소중한 것은 아니지만 취미라는 이름으로 통틀어 말할 수 있는 삶의 유희, 아름다움, 성취감 그리고 자아를 보듬는 순간들을 결코 소중하지 않다고 말할 수 없음을.

이 사회에 속한 사람으로 살면서 일하고 집에 돌아와 쉬고 자는 게 일상의 전부라면 그 삶은 팍팍하다 못해 회색의 공터 아닐는지. 더불어 일을 마치고 돌아와 갖게 된 여가에 아이를 제외하면 아무것도 없는 삶 역시 그리 아름답지 못하다.

나는 남편이 연애 시절의 풋풋함과 꿈 많은 시절의 얼굴을 잃지 않길 바란다. 남편 역시 예민하고 상처가 오래가는 성격의 내가 좋아하는 방식으로 마음을 풀어내길 바란다. 그렇게 원하는 방식으로 각자에게 어울리는 빛깔을 찾아가는 여정이 취미라고 믿는다. 업무와 일상에 매진하고 그 여분에서 오직 '나'만 생각하는 즐거운 시간. 그리고 다채롭게 취미를 즐기고 도전하는 우리라서 앞으로의 여생도 꽤 기대가 된다는 사실을.

## 패키지여행 갈래, 자유 여행 갈래?

· · · · · · · · · · · · · · · · · · · · · · · · · · · · · · · · · · · · · · · · · · · · · · ·

　여행을 좋아하는 우리 부부는 주로 자유 여행을 다닌다. 여행지에서의 동선을 대강 정한 다음 근처에 호텔과 교통편을 예약하면 준비는 거의 끝이다. 특이한 식문화가 있지 않은 한 식당도 현지 상황에 맞춰 적당한 곳에 들어간다. 내 관절이 워낙 부실한 탓에 중간중간 카페에서 휴식도 취해야 한다.

　그러다 마음에 드는 장소가 있으면 일정을 바꿔 오래 머무를 때도 있다. 정확한 틀을 짜서 움직이기보다는 쉬엄쉬엄 발걸음을 떼는 스타일이다. '그곳에 가면 어디를 꼭 방문해야 한다.'가 없다 보니 전혀 생각지 못한 의외의 지역을 둘러보게 되고, 관광지의 달뜬 피로에서 벗어나 현지인들의 보통의 일상을 엿보기도 한다. 여행지에서 모든 시간과 선택을 마음이 동하는 대로 할 수 있는 자유 여행이 우리에게 잘 맞는다.

자유 여행을 좋아하는 우리와는 달리 패키지여행을 선호하는 이들도 많다. 20대 때 내내 자유 여행을 다녔던 친구는 엄마를 모시고 패키지여행으로 스페인을 다녀왔다. 패키지는 마음에 안 맞는 사람이 있더라도 그룹을 지어 움직여야 하는데 괜찮았냐고 물었더니 친구가 단박에 대답했다.

"그런 거 절대 없어. 패키지가 세상 제일 편해!"

스페인에 다녀온 친구는 패키지여행의 장점을 줄줄 나열했다. 일단 귀찮은 게 없다고 했다. 가이드만 놓치지 않고 따라다니면 주요 관광지를 두루 볼 수 있단다. 식당 예약을 하거나 맛집을 알아보느라 일일이 검색할 필요가 없고, 스케줄 관리도 가이드가 알아서 하니 관광객은 구경만 하면 된다는 거였다. 물론 원치 않는 쇼핑센터에 들르거나 마음에 맞지 않는 사람이 있다면 함께 다녀야 하는 불편함이 생기지만 그건 패키지여행의 편리함에 비하면 아주 약소하다고 했다.

"사람들이 나이 먹으면서 패키지여행을 선호한다는

건 다 그럴만한 이유가 있는 거야."

듣고 보니 그럴듯했다. 친구는 앞으로도 해외여행을 가게 된다면 패키지여행을 다시 이용할 생각이 있다고 했다.

나 역시 신혼여행은 패키지로 다녀온 터라 그 편리함에 어느 정도 공감했다. 신혼여행지에서 가이드가 인솔하는 차량에 탄 채로 한숨 자고 나면 멋진 장소에 도착해 있고, 괜찮은 식당으로 안내받으면 기분이 좋았다. 영어가 통하지 않는 나라에서 가이드는 우리가 현지인들과 소통할 수 있도록 융통성을 발휘했고, 어느 건물과 관광지의 화장실이 깨끗한지까지 세세하게 알려줘 여행을 편하게 할 수 있었다. 당시 신혼여행지는 자유 여행으로 가기엔 치안과 교통에 어려움이 많은 곳이라 패키지를 이용한 이유도 있지만, 어쨌든 한번 겪어보니 장점이 꽤 있었다. 그럼에도 여행 스타일을 선택한다면 자유 여행 쪽이 조금 더 우리 부부에게 편안하게 맞았다.

시간이 흐르면서 여행을 떠날 때 패키지보다 자유 여행을 선택하고 교통편과 호텔을 고르는 과정은 어쩌면 삶의 진로를 정하는 우리의 모습과 닮았다고 느꼈다. 많은 이들이 좋다고 말하는 패키지여행을 선택하면 편안함이 보장될 것이다. 돌발 상황 없는 무난한 여행, 내가 경험한 것처럼 더러운 화장실을 피할 수 있는 장점까지 갖춘 패키지여행이라면 말이다.

남들이 다 좋다는 즐거움을 누리는 건 괜찮은 삶이다. 먼저 살아본 이른바 '인생 선배'의 리뷰가 꼭 들어맞는 건 아니지만 다수가 선택한 것은 모험을 피하기에 알맞다. 식당에 가서 도무지 뭘 먹어야 할지 모를 때 베스트 메뉴를 골라야 하는 것처럼 편안한 선택지다.

30대 초반에 결혼한 내가 아이 두 명쯤 낳고 사는 모습은 패키지여행과 비슷할지도 모른다. 남들처럼 무난하게, 고민 없이 주어진 대로 살기. 가이드의 말에 순순히 따라 움직이듯 다들 무난하게 사는 게 좋다고 하니까. 아이가 한 명이면 외롭다고 하니 한 명 더 낳은 4인 가족의 형태로 살며 때에 따라 일을 그만두고 전업주부로 살아가는 삶은 나이가 들며 자연스레 선택하는 패키지여행과 어딘지 닮은 구석이 있다.

자유 여행은 홀가분하지만 무난하지만은 않은 나만의 여행이다. 스스로 계획하고 내 몸 하나 뉠 곳을 찾고, 식사 역시 남이 정해준 것을 먹지 않는다. 마음에 쏙 드는 장소를 발견하게 된다면 정해둔 코스를 깨끗이 비워내고 머무르면 그만이다. 정해진 하루 세 번 식사 외에 술을 실 컷 마신다고 한들 문제가 될 일도 없다. 괜히 자유 여행이 아니다. 내가 만들어가는 여행은 유명한 관광지가 몇 번 겹칠지언정 우주에 단 하나뿐인 핸드메이드다.

대신 자유를 선택한 대가를 치를 때도 있다. 패키지여 행과 비교해 숙박비가 비싸거나, 단체로 이용하는 버스 대신 현지의 대중교통이나 택시를 이용할 때 지불하는 높은 교통비라든가. 그런 일은 아직 없었지만 완벽한 치 안에서 조금 벗어나는 경우가 그렇다. 하지만 여행의 위 태로운 순간을 이겨낼 정도의 지성과 경험은 대부분의 사람들이 갖고 있다. 세상의 모든 순간은 처음이다. 우리 는 매일 다른 처음을 맞이하고 다음 날 또 다른 처음을 만 나면서도 건강하게 잘 살고 있지 않은가.

이런 면은 삶의 진로를 선택할 때도 마찬가지였다. '남 들처럼' 살아야 안전하고 평온할 거라 여겨지는 사회에 살면서 남들처럼 사는 데 관심이 없는 우리 부부는 숱한 잔소리와 오지랖을 경험해야 했다. '무난하게' 살 수 있는 보통의 길을 두고 아이 없이 잘 살겠다는 우리가 비주류 로 보일 수도 있다. "다들 그렇게 산다."는 '다들'에 속해 있지 않은 바람에 언젠가 아이를 키우는 또래들과의 대화가 재미없을지도 모른다.

대신 마음만큼은 가장 편안하고 흡족한 자유 여행의 세계가 아닐까. 나를 둘러싼 환경과 모든 선택을 마음 가는 대로 할 수 있는 자유 여행의 가치는 자신을 존중하고 존중받으며 살고 싶은 내 가치관의 복제였다. 스스로를 존중하고 이루고 싶은 바에 다가가기 위해 노고를 아끼지 않는 삶, 그 길에 동행하는 배우자도 원하는 바에 다가가는 삶이길 바랐다.

그 여정에서 아이를 원한다면 낳을 것이고, 원치 않는다면 안 낳는 결정을 내리기로 했다. 마음의 방향에 정직하게 살기로 한 이상 아이는 '낳아야' 하는 대상이 아닌 '원하면 낳을 수 있는' 대상이었다. 그렇게 주변 시선과 가족들의 의견을 겁내지 않고 나와 남편이 추구하는 라이프 스타일에 흡족한 인생을 살고 싶었다.

20대에는 괜찮은 직장에 취직해서 돈을 모으고, 30대에는 결혼해서 24평 아파트에 가정을 꾸리고, 40대에는 자식들 교육하는 데 열을 올리고, 50대에는 골프 치고 브런치 먹으며 느긋하게 사는 패키지여행과 같은 인생은 우리 부부에게 맞지 않았다. 나이와 관계없이 원하는 공부를 언제든 시도하고, 친구들이 사는 집 평수에 연연하지 않은 채 도서관과 공원이 가까운 동네에 집을 풀고 산다. 지금 하는 일에 흥미가 떨어지면 다른 길을 찾아보고, 아침에 일어나 바다가 보고 싶다면 가방 하나 챙겨 떠나는 자유 여행과 같은 인생이 우리 부부에게 맞는 옷이다. 우리는 그 옷을 직접 골라 입는 '선택'에 성공했다.

언젠가 교토의 금각사에 다녀왔다. 버스를 타고 교토를 둘러보는 여행 중이었는데 폐장 시간 가까이 머무르다 나왔더니 금방 어둑해졌다. 시간이 시간이니만큼 관광객도 거의 없었다. 우리는 버스를 타고 역으로 돌아가려다가 마음을 바꿔 주변 동네를 걷기 시작했다. 금각사와 바로 앞 상점을 제외하면 관광지 냄새가 전혀 나지 않는 골목길을 산책하면서 집마다 담장에 걸어둔 화분이며, 어릴 적 살던 동네에서 봤을법한 아주 작은 슈퍼마켓을 둘러본 일은 지금도 소중한 기억이다.

자신의 여행 스타일에 맞게 여행 방식을 고르듯, 가치관과 생활 방식에 맞게 가족계획을 짜는 건 당연한 이치다. 마흔이 그리 멀지 않은 지금, 내게 패키지여행과 자유 여행 중에 무엇을 선택할지 묻는다면 여전히 내 선택은 자유 여행이다.

## 아이가 없어도
## 어른들과 즐겁게 지낼 수 있을까?

어릴 적 사진 중에서 아끼던 사진이 있다. 삼촌이 우리 자매들을 놀이공원에 데려간 모습, 유치원 체육대회 날 일하러 간 엄마 대신 참여한 이모가 나를 안고 장애물 달리기를 하던 모습이다. 아무 조건 없이 나를 아껴주던 가족들과의 몽글몽글한 추억을 그 사진들이 증명하고 있다.

삼촌, 이모는 변함없이 나를 아껴주시지만 보기만 해도 흐뭇했던 어린 조카로서의 나는 이제 세상에 없는듯하다. 어린아이가 성인이 되면 주관이 또렷해지고 반론도 제법할 수 있게 되면서 화기애애한 분위기와 거리가 멀어지기 때문이다. 그런 자손을 두고 한 마디씩 보태는 어른들도 냉랭한 분위기인 것은 마찬가지다.

그래서 한솔 님이 어른들과 연대하는 모습은 유독 눈에 띄었다. 부모 세대는 물론 조부모와 살뜰하게 지내는 모습이며, 별다른 마찰 없이 비출산을 고수하는 당당함은 그녀의 삶을 한층 성숙하고 풍요롭게 만들어주고 있었다.

—

**아내 한솔 님** 32세, 여성, 작가
**남편 기환 님** 32세, 남성, 회사원

**요즘 출간 준비로 한창 바쁘시죠?**

한솔 그러게요. 출판 원고를 준비하고 있고, 이사 준비
도 하고 있어서 정신이 없네요. 이사는 지금 사는 동네
근처 가까운 곳으로 갈 예정이고요.

**제가 우연히 한솔 님의 글을 보고 인스타그램으로 옮겨
가서 지금까지 연이 이어졌는데요. 글과 사진 속 일상
이 보여주는 현실적이면서도 포근한 분위기를 정말 좋
아해요. 그런 분위기는 자연 속에서 정겹게 살 때 비로
소 뿜어져 나오는 감성이 아닐까 싶어요. 그래서 어떻
게 시골살이를 하게 됐는지 그 시작이 궁금해요.**

한솔 어려서부터 시골 외가와 가까이 지냈어요. 왕래가
워낙 잦았고 외가에서 좋은 기억이 많았던 터라 막연히
'나도 나중엔 시골에 살아야지.'라는 생각을 많이 했어
요. 그리고 남편과 연애를 오래 하면서 남편 역시 그런
제 영향을 많이 받은 모양이에요. 어느 날부턴가 둘이
함께 시골에서 살자며 이런저런 얘기를 나누고 있더라
고요. 그랬던 차에 결혼과 동시에 남편이 이직을 했고,
자연스레 시골에 신혼집을 구하면서 꿈꿔오던 시골 생
활을 시작했습니다.

**그래서 보통 도심에서 하지 못하는 걸 평소에 많이 하
시는 것 같아요. 가까운 들판으로 피크닉을 가거나 나**

**물을 캔다거나 그런 일상이요.**

한솔 네, 맞아요. 저와 남편 둘 다 사람 많고 시끌벅적한 분위기를 별로 좋아하지 않아서인지 시골 생활에 매우 만족해요. 평소엔 남편이 퇴근하고 오면 강아지와 셋이 동네를 산책하고, 주말에는 앞산에 소풍을 가거나 근교로 나들이를 가고 그래요. 집 밖에 나간다고 해서 요란하게 노는 편도 아니고요. 제가 들판에서 뭔가를 캐는 동안 남편이 강아지와 신나게 뛰어놀고 그런 날들이에요.

**자기 생활에 만족하며 살기가 말처럼 쉽지만은 않은데, 여유가 있어 보여서 좋아요. 그럼 한솔 님 부부는 결혼 전에 시골 생활을 계획한 것처럼 가족계획도 미리 세우셨나요?**

한솔 네. 저희 부부는 연애를 5년 조금 넘게 했는데 그동안 자녀에 대한 이야기를 많이 나눴어요. 아주 자세한 이야기까지 나눴는데 저희는 둘 다 아이를 아주 좋아해서 아이를 안 낳기로 했어요.

**네? 아이를 좋아해서 안 낳는다고요?**

한솔 저희 둘 다 아이라면 정말 껌뻑 죽어요. 친구들 아이나 조카를 보면 눈에 꿀이 넘쳐흐르고요. 그래서 처음에는 우리가 결혼해서 아이를 낳게 된다면 어떻게 키울까, 어떤 방식으로 육아를 해야 할까 그런 이야기를 많이 나눴어요. 아이와 관련된 아주 세세한 부분까지 떠오를 때마다 토론하듯 의견을 주고받았죠. 예를 들면 우리 아이가 학교폭력을 당했다면? 반대로 학교폭력 가해자라면? 혹은 성소수자라면? 이런 부분까지 진지하게 이야기했어요.

**정말 세밀하시네요. 저는 성소수자나 몸이 건강하지 못한 자녀에 관한 논의는 해봤지만 학교폭력은 생각도 못했네요. 하지만 그런 상상도 필요하단 생각이 듭니다. 오히려 그런 세세한 고민 없이 낳는 경우가 부모와 자녀 모두에게 더 크게 문제가 될 수 있으니까요.**

한솔 맞아요. 아주 자세히 의견을 교류하면서 저와 남편의 행복 못지않게 자녀의 행복이 중요하다는 결론을 내렸어요. 어떤 상황에서도 아이의 행복이 최우선인 거죠. 그런데 아이가 행복해지려면 정말 많은 것이 필요하고 더불어 부모로서 갖춰야 할 소양도 상당하죠. 특히 제가 의문을 가진 부분은 주변에서 저희에게 출산을 권유하는 분들이 낳는 사람의 행복만을 말하지, 아이의 행복을 말하진 않더라고요. 사실 부모라면 아이의 행복을 중시하겠지만 출산의 이유를 설명할 때 아이의 행복을 논하는 게 아니라 '아이를 낳아 키우는 행복'을 강조하는 면이 내내 마음에 걸렸어요.

심지어 "늙었을 때 곁에 아무도 없으면 외롭다.", "애가 없으면 무조건 헤어진다." 이런 말을 들을 때마다 궤변이라고 느껴졌습니다. 아이를 낳은 부부가 아이를 통해 외롭지 않게 되거나 헤어짐의 상황이 다가왔을 때 망설일 수는 있겠지만 그게 진정한 행복일까요? 그리고 그 아이는 행복할까요? 그런 의문이 자꾸 들었습니다.

**아이의 행복 외에도 비출산 선택에 영향을 준 부분이 있을까요?**

한솔 저희 두 사람의 성향을 생각해도 아이를 안 낳는 쪽이 잘 맞는다고 생각했어요. 저희는 함께 있는 시간 못지않게 혼자만의 시간이 필요하고, 그런 시간을 통해 자유를 느끼고 에너지를 충전하는 사람들이에요. 그런 저희 라이프스타일에 딩크가 맞는다고 느꼈죠.

**그럼 두 분은 가족계획을 세우면서 의견이 불일치한 적이 별로 없겠네요. 워낙 서로를 잘 알고 닮은 점이 많으시니까요.**

한솔 대체로 그렇죠. 다만 남편은 처음에는 아이를 가져도 괜찮다고 생각했는데 저와 오랜 시간 대화를 나누며 안 갖는 쪽으로 생각이 바뀌었어요. 그리고 "아이를 품고 낳아야 하는 사람은 여성이기 때문에 아내 의견이 더 중요하다."라고 말하더라고요. 그래서 비출산을 선택하는 데 부담이 덜했죠.

이해와 연대,
그 따뜻한
온도

**가족계획이 평화 그 자체네요. 그럼 다시 시골 생활 이
야기로 돌아가 볼까요? 한솔 님의 일상에서 보이는 또
다른 손, 바로 외할머니가 계세요. 평소 할머니와 가까
이 살며 이런저런 일도 같이 하고 대화도 나누는 모습
이 인상적이었어요. 사진으로 봐서는 할머니도 음식이
며 살림이며 솜씨가 굉장하신 것 같아요.**

한솔 할머니가 동네에서 음식 잘하기로 소문이 자자한
분이세요. 그리고 제 삶에 가장 큰 영감과 영향을 주는
분이시기도 해요.

**할머니 외에도 주변에 사는 어르신들과 허물없이 말도
주고받고 잘 지내시는 모습이 종종 보이더라고요. 그래
서 한편으로는 궁금했어요. '어르신 세대에게 비출산을
선택한 부부가 납득이 될까?' 하는 의문이요. 가까이 지
내는 조부모님과 양가 부모님이 한솔 님 부부의 비출산
의사에 어떻게 반응하셨을지 궁금하네요.**

한솔 일단 어르신 중에 완강히 안 된다거나 반대하신 분
들은 안 계세요. 시부모님은 "너희 생각이 그렇구나."
정도로 말씀하셨고요. 엄마는 조금 아쉬워하셨어요. 저
와 제 형제들이 엄마랑 정말 친구처럼 지내거든요. 엄
마의 삶에선 자식이란 존재가 워낙 특별했기 때문에 저

도 그 행복을 누리길 원하셨어요. 그래서 조금 아쉬워
하셨지만 싫은 소리는 없으셨어요.

**그렇다면 조부모님은요?**

한솔 두 분은 제게 증손주를 낳았으면 좋겠지만 안 낳는
다고 해도 "요즘 아이들은 그렇게 생각할 수도 있다."라
며 넘어가셨어요.

**조금 놀라운데요? 자녀를 낳지 않겠다는 손녀에게 그
렇게 말씀하시는 어르신들이 사실 많지는 않잖아요.**

한솔 다행인지 저나 남편이나 양가 분위기가 강요와 거
리가 멀어요. 자식들의 자유를 존중해 주시는 분위기
고요. 그리고 저희도 완강하고 딱딱하게 말하기보다는
부드럽게 "우리 생각은 이렇다, 이러이러한 이유로 이
런 생각을 하게 됐다."라는 식으로 돌려 말해서인지 비
출산과 관련해 마찰을 빚거나 싫은 소리를 주고받은 적
은 없었습니다.

**사실 비슷한 세대라도 유자녀 가정과 무자녀 가정의 소
통이 원활하지만은 않잖아요. 하물며 어르신들과 딩크
족인 자손이 둥글게 지내긴 어려운 부분이 있거든요.
그래서 어르신들과 마찰 없이 지낼 수 있는 한솔 님 만
의 요령이 있나 싶어요.**

한솔 제게 '수긍하는 삶'을 말한 친구가 있어요. 자신의 의사보다 주위 시선과 환경에 수긍해 결혼, 출산, 육아의 순서가 당연하게 받아들여지는 삶이요.

저희 부부는 그렇게 수긍하는 삶을 원치 않지만, 생각해 보면 지금의 어르신들은 우리가 거부한 '수긍하는 삶'을 살아오신 세대잖아요. 그래서 삶의 너머에 있는 다른 무언가를 생각할 여유가 없었을지도 몰라요. 그래서 이해가 가요. 이해가 가니 어르신들이 지나가듯 하시는 말씀을 잔소리로 느끼지 않고 또 다른 견해로 받아들일 수 있고, 가끔 저희 부부에게 강경하게 아이를 낳으라는 식으로 말씀하시는 분들이 계셔도 기분 상하지 않고 조용히 넘어가는 편입니다.

**이렇게 평화를 추구하는 분이셨다니. 세계평화 친선 대사를 만난 기분입니다.**

한솔 말은 이래도 저도 가끔 싫은 소리에 반박해요. 저보다는 남편이 "어른들 입장에서는 그럴 수 있지 않을까?"라면서 유연하게 넘어가도록 끌어주는 편이지요.

**아까 주변에서 "늙었을 때 아무도 없으면 외롭다."는 말을 들으셨다는 얘기가 있었죠. 저는 "아이가 없으면 나중에 후회하지 않겠어?"라는 말을 많이 들었어요. 딩크족이면 나중에 후회할 거라 생각들을 많이 하더라고요.**

**한솔 님 부부는 후회에 대해 생각해 보신 적 있으세요?**

한솔 그럼요. 제가 초반에 말씀드렸다시피 연애 단계에서 가족계획에 관해 정말 대화를 많이 나눴는데요. 후회 여부에 대해서도 많이 이야기했어요. 그런데 저희 부부는 아이를 낳든 안 낳든 후회란 없을 수 없다고 생각해요. 다만 저희 부부의 성향과 성격을 생각하면 딩크족으로 사는 편이 후회가 없을 거라고 판단했어요. 아이가 있다면 모든 시간과 정신과 노동력을 아이에게 할애한 뒤에 저를 잃어가며 오는 후회가 있을 거라 짐작했거든요.

당장 강아지를 키우는 것도 비슷해요. 강아지가 있어서 자유롭게 여기저기 다니지 못하는 부분이 있거든요. 반려견을 키우는 데도 이 정도 불편이 있는데 하물며 아이가 생기면 몇 배는 더 힘들어지겠죠.

**남편분은 후회에 관해 어떤 언급이 있으셨나요?**

한솔 남편은 저보다 훨씬 구체적으로 후회의 여부에 대해 고민했더라고요. 저보다 더 현실적인 사람이라 아이가 있는 삶과 딩크의 장단점을 오랫동안 고민하고 비교했어요. 그리고 딩크족으로 사는 것이 훨씬 행복할 수 있겠다는 생각이 들었대요. 그래서 후회할지 모른다는 막연함이 거의 없다고 하네요.

오늘 들어본 한솔 님의 생활이 너무나 평화롭고 선량해서 마치 간디와 교황을 만난 것 같은 기분이 들었는데요(웃음). 마지막으로 어떤 부부로 살고 싶으신지 바람을 들어볼게요.

한솔 음, 다정한 할아버지, 할머니가 되고 싶어요. 이것도 저희 할머니, 할아버지 영향을 받은듯해요. 두 분은 한결같이 마을 분들과 이것저것 나눠 먹고 웃으면서 지내시거든요. 정말 보기 좋아요. 저희도 조부모님처럼 다정한 어른이 되고 싶어요. 궁극적인 목표는 자유로운 시골 라이프입니다.

마을 분들과 잘 지내시는 그 모습은 저희 같은 딩크족이 나이 든 후에 겪게 될 모습 같기도 해요. 제 생각에 이십 년, 삼십 년 지난 후에는 아이 없는 부부나 싱글들이 활발하게 커뮤니티를 이룰 것 같거든요. 그래서 저는 나중에 외로울 거란 걱정이 별로 없어요.

한솔 제 친구 중에도 결혼한 친구들보다 결혼 안 하려는 친구들이 많아요. 그래서 가족의 형태와 관계없이 다 같이 어울려 지낼 날이 빠르게 올 것 같아요. 저는 사실 혼자서도 잘 노는 타입이라 심심할 걱정은 해본 적이 없지만 정 심심하면 도란 님을 초대하겠습니다(웃음).

네, 좋습니다!

## 자신을 탐구하는 일에
## 끝이 있을까?

나는 10대 때 공부를 게을리한 대가로 원하는 전공을 선택할 수 없었고, 졸업 후에는 처한 상황과 능력, 자격증 등에 맞춰 적당히 직업을 갖게 됐다. 하지만 어느 날 돌이켜보니 삶의 한 통로가 까맣게 막혀있다는 기분이 들었다. 문과, 이과, 예체능과 중 하나를 결정한 뒤 점수에 맞춰 대학에 가고, 또 거기에 맞춰 진로를 정해 살게 되는 요즘 우리 세대의 뻔한 삶은 언젠가 막혀버린 통로를 만날 가능성이 높다. 때문에 진정 하고 싶은 게 무엇인지, 어떤 삶을 추구하는지 자신을 탐구하는 순간이 반드시 필요하다. 내가 만난 모글리 님의 자아 탐구는 현재진행형이다. 누군가는 10대, 20대에 끝났어야 할 진로 설정을 여전히 하고 있냐며 의문을 표할지 모르지만 주어진 대로 남들처럼 살기보다 자신에게 맞는 길을 찾기 위해 올곧게 발을 뻗는 사람이야말로 행복의 축은 튼튼하다.

—

**아내 모글리 님** 37세, 여성, 주부 혹은 베짱이

**남편 K 님** 40세, 남성, 회사원

**제가 처음 모글리 님을 알게 된 무렵에는 제주에 사셨는데, 얼마 전 이사를 하셨죠? 요즘 어떻게 지내셨어요?**

모글리 평탄하면서 조금은 답답한 날들을 보내고 있어요. 코로나 때문이지요. 하지만 긍정적인 나날이 훨씬 많아요. 새로운 공간으로 이사 온 지 얼마 안 됐는데, 우리 부부가 사는 공간을 다정한 느낌으로 꾸미기도 하고 낯선 지역을 탐색하면서 즐거운 순간도 만나게 되고요.

**모글리 님과는 그간 딩크의 삶에 대해 온라인으로 이야기를 주고받은 적이 있는데요. 저희 부부는 결혼 후 가족계획을 세우면서 여러 선택지 중에 비출산을 고른 케이스예요. 그런데 가족계획이라는 게 우리 몇 낳자, 낳지 말자 몇 마디 나눈다고 끝이 아니다 보니 많이 당황했거든요. 모글리 님은 어떠셨어요?**

모글리 저희 부부도 결혼 전에 진지하게 출산 문제나 가족계획에 대해 논의한 적이 없어요. 그냥 지나가는 소리로 "애는 있어도 그만, 없어도 그만 아닌가." 하고 몇 마디 주고받은 게 다예요. 결혼 전에 이 문제를 두고 자세히 이야기했다면 더 좋았을 거란 생각이 듭니다. 결혼을 앞둔 사람들이 결혼 생활과 관련된 가치관, 가족계획, 출산과 비출산에 관한 의사가 맞는지 꼭 확인해야 한다고 봐요.

**어떤 계기로 그런 생각을 하게 됐나요?**

모글리 사실 결혼 후 2~3년 정도 출산 문제를 논의하면 서 남편과 많이 다퉜거든요. 저는 전형적인 가부장적 가정에서 자라서인지 결혼을 하면 아이를 낳아야 한다 고 막연하게 생각했어요. 결혼을 하면 2년 정도 신혼 생활을 한 뒤 여러 면에서 안정을 찾으면 아이를 낳고 싶었습니다. 처음에는 결혼 직후 2년 정도 아이를 낳지 않겠다는 저와 남편이 같은 생각인 줄 알았어요. 그런 데 대화를 나누다 보니 남편은 출산을 미룬 게 아니라 원치 않는 거였어요.

이건 둘 중 누구 하나의 잘못이 아니라 가족계획에 관 한 소통 과정이 조금 허술했던 거라고 생각해요. 인생 을 함께할 사람이면 이런 부분을 허심탄회하게 이야기 해야 하는데 아직은 결혼 전에 가족계획이나 출산 문 제를 확실하게 논의하는 게 부끄럽거나 꺼려지기도 하 니까요.

**맞아요. 당연히 해야 하는 이야기인데 결혼 전엔 왜 어 렵게 느껴졌을까요? 그렇다면 모글리 님 부부는 그런 충돌을 어떻게 해결했나요?**

모글리 출산과 비출산 중 선택하기 위해 서로 많이 대화 하고 고민했어요. 저는 남편이 비출산을 선택하게 된 계기에 공감했고, 남편 역시 당연히 출산하려 했던 저의 성장배경이나 마음에 공감하려고 노력했고요. 이 문제로 고민하는 단계에서 미디어에 비치는 여성에게 기울어진 불공평한 의무, 즉 엄마의 의무나 독박 육아 등의 현실적인 모습도 객관적으로 보게 됐어요. 저 역시 며느리로서, 아내로서의 무게를 감당하는 게 항상 쉽지만은 않았고 부모로서의 무게를 감당할 수 있을지 진지하게 상상하고 고민했습니다.

**그런데 다수의 사람들이 갖는 선입견 중에 딩크 부부는 주로 여성이 원해서 비출산을 택한다는 생각이 있어요. 저는 처음 보는 분이 "아이를 안 낳겠다고 하는데 남편이 가만있느냐?"고 물어서 당황한 적이 있습니다. 실제로 비출산을 선택하는 데 영향을 주는 사람이 아내인지 남편인지 통계나 확실한 근거 자료가 없으니 뭐라 정의할 수 없지만, 다수의 사람들이 그런 시각으로 판단하기도 합니다. 반면 모글리 님 부부는 남편 쪽에서 먼저 비출산을 원했어요. 남편분은 어떻게 비출산을 선택하게 됐는지 궁금하네요.**

모글리 남편은 조카들이 성장하는 과정에서 형제와 부모님이 많은 것을 희생하는 모습에 회의감을 느꼈다고 해요. 아이를 낳으면 당연하듯 뒤따르는 희생을 보며 '굳이 아이를 낳아 자신을 버리고 살아야 하나.'라는 생각을 수없이 했다고 해요. 그 결과 자신과 배우자를 위해 돈과 시간을 투자하고 여유롭게 즐기며 사는 편이 본인에게 맞는 행복이라는 결론에 도달한 거죠.

남편의 그런 생각에 저 역시 크게 공감했어요. 사실 전 'K-장녀'인데요(웃음). 엄마가 저와 동생을 낳고 친구들과 교류 없이 온전히 육아와 살림에 헌신하는 모습을 지켜봐 왔고, 그런 엄마를 이해하려고 노력했습니다. 한편으로는 엄마의 헌신은 감사하지만 나는 자식에게 모든 것을 걸지는 않겠다고 다짐도 했고요. 그런 마음가짐이 남편의 비출산 의사와 잘 맞아떨어졌어요. 이제 와서 생각해 보면 낳기 전에 이런 생각을 충분히 나눌 수 있어서 정말 다행이지요.

**부부가 인생의 중요한 결정에 의견을 일치할 수 있다는 건 축복입니다. 그로써 부부가 평생 행복하게 잘 사는 건 전혀 문제가 없어요. 오히려 불편을 야기하는 부분은 사회의 고질적인 시선입니다. 아이 없는 부부에게 여전히 감 놔라 배 놔라 하는 분들이 많거든요. 물론 상대는 자신의 발언이 무례한지, 도가 지나쳤는지 잘 모르는 때가 더 많고요. 모글리 님은 그런 사회적 시선을 경험해 보신 적 있나요?**

모글리 아이를 낳아 기르는 행복이 얼마나 큰지 아느냐, 아이가 없으면 말년에 초라해진다는 따위의 말을 하는 사람들은 오히려 저를 잘 모르는 사람들이에요.

자아에
다가가는
시절을
보낸다

222

아이를 낳아 키우며 행복하다 치더라도 그건 나의 행복이지, 그 아이의 행복이 보장되는 게 아니거든요. 저는 제 삶에 자부심이 있고 만족도가 높아서 굳이 아이를 낳아 기르는 행복에 목마르지 않고 말년 역시 두렵지 않아요. 그런 사람들이 있으면 욕 좀 하고 훌훌 털어버려요(웃음).

**또 다른 편견 중 하나는 딩크 부부라면 당연히 맞벌이일 거라는 생각이에요. 모글리 님은 지금 학생이시잖아요. 한쪽이 벌이를 담당하면 다른 한쪽이 편히 산다거나 펑펑 논다는 식으로 몰아가는 사람들도 있죠.**

모글리 학생도 하나의 직업이고 부부가 원하는 직업을 영위하고 사는 건 출산과 관계없이 당연한데 딩크라는 말 자체가 'Double income no kids'니까 당연히 맞벌이라고 떠올리는 것 같아요. 저는 다행히도 맞벌이를 안 한다고 군소리를 들은 적은 없어요. 일단 제가 꾸준히 자격증을 따고 공부를 하고 있어서 저나 남편이나 제가 '논다'는 생각 자체를 안 해봤습니다.

다만 맞벌이로 일하는 여성분이나 탈혼하신 분들이 여자도 일을 해서 남자로부터 경제적으로 자립해야 한다, 남자에게 의지하지 않고 커리어를 이어나가야 한다는 조언을 종종 하시는데 온전히 저를 위한 발언이라 생각하고 그 말엔 동의해요. 반대의 경우로 친구 중 한 명이 "너는 남편 있어서 일 안 해도 되잖아."라고 말한 적 있는데 구시대적 발상 같아서 공감이 가지 않았어요.

**사실 아이가 있는 부부에 비해 직업 선택이 자유롭고 워라밸이 안정된다는 장점이 있는데, 딩크 부부라고 하면 일이 바쁜 사람이거나 워커홀릭으로 생각하기도 해요. 하지만 '일이 너무 좋아서'가 비출산의 이유 중 하나가 될 수 있지만 반드시 목적이 되진 않거든요. 제 경우엔 일이 너무 좋다기보다는 '일하는 내가 좋아서'가 딩크가 되는 데 영향을 줬어요. 모글리 님은 딩크 부부가 되면서 직업이나 원하는 부분을 자유롭게 선택할 수 있다는 점에 대해 어떻게 생각하세요?**

모글리 제 주위 딩크 부부들은 늦은 학업을 하는 분들이 많더라고요. 물론 아이가 있었다면 거의 불가능한 일이죠.

저 역시 비슷한 경우인데요. 저는 아직 제가 정확히 무얼 좋아하는지, 무엇이 되고 싶은지 모르겠어요. 그래서 찾아가는 중인데 남편의 배려로 기회를 얻었죠. 아이를 낳고 길렀다면 돈도 돈이지만 시간이 부족해서 지금처럼 학업을 이어나갈 수 없었을 겁니다. 지금은 모든 것에 있어 여유로우니까 나에 대해 탐구하고 공부하는 삶을 살 수 있어서 좋아요. 아이를 양육하기 위해 급하게 생업 전선에 뛰어들지 않아도 된다는 점은 딩크족으로서 누릴 수 있는 큰 장점이라고 생각해요.

공부를 마친 뒤에는 돈을 많이 버는 일을 할지, 사회에 보탬이 되는 일을 할지도 고민해 봐야겠죠. 자아 탐구라는 게 어릴 적 전공이나 대학 정할 때 모두 끝내야만 하는 건 아니니까요. 대신 제가 원하는 삶에 높은 비율로 일치하는 진로를 택하고 싶어요.

**조금 사적인 질문 하나 드려도 될까요? 양가 부모님은 모글리 님 부부의 비출산 의견에 어떻게 반응하셨나요? 아마 저 아니어도 많은 사람들이 물어봤을 텐데 미안합니다(웃음).**

모글리 일단 양가 부모님 모두 많이 놀라셨고, 지금이라도 생각을 바꿔 출산을 준비하길 원하세요.

**그렇죠. 부모님 세대에서 딩크족의 삶을 100% 받아들이는 건 참 어려운 일이에요.**

모글리 아빠는 "나만 손주 없어….".라며 가끔 서운한 기색을 비치시고요. 다행히도 엄마는 제가 하고 싶은 일을 마음껏 한다는 점을 존중하며 온전히 제 선택을 믿어주세요. 자식이 없어 딸이 외로울까 걱정은 하시지만 성취하는 삶도 훌륭하다며 응원해 주시죠. 가끔 아빠가 출산 얘기를 꺼내면 엄마가 "쓸데없는 소리 하지 말라."며 막아주시기도 합니다.

시부모님은 남편이 든든한 방어벽이 되어 지켜주고 있어요. 이럴 때 보면 중간 역할이 정말 중요해요. 그래서인지 두 분 모두 제 앞에서 출산의 '출' 자도 안 꺼내시고요. "우리 예쁜 애기 건강하게 공부 열심히 하고 행복하게 살아요~"라고 말씀해 주신답니다.

**양가 부모님이 모두 따뜻한 분들이네요. 정말 행운입니다. 이렇게 딩크 부부로 살아가는 현재는 참 만족스러운데요. 많은 딩크 부부들이 후회의 가능성을 한번쯤 고민하기도 해요. 모글리 님 부부는 어떠셨어요? 후회 여부에 대해 생각해 보신 적 있나요?**

모글리 저는 체력이 약하고 예민한 편이라 아이를 낳았다면 견디지 못했을 거예요. 아마 나이를 더 먹은 후에 '아이를 낳을 걸 그랬나?'라는 생각이 들지 모르지만, 모든 선택에는 가보지 않은 길에 대한 미련이 생기기 마련이니까요. 제 선택에 후회는 안 할 것 같습니다. 오히려 아이를 낳았으면 더 큰 후회를 했을 거예요. 남편 역시 같은 생각이고요. 그런 걱정 대신 후회 없이 하루하루 즐겁고 행복하게, 멋지게 살자고 약속했어요.

**가보지 않은 길에 대한 의문과 미련은 어느 삶이든 있게 마련이라 결국 자신의 삶에 얼마나 자신 있는가가 중요하다고 봐요. 자, 이제 마지막으로 모글리 님 부부**

**의 앞날이 궁금합니다. 앞으로 어떤 부부로 살고 싶은지 들려주시면 좋겠어요.**

모글리 저와 남편은 결혼 후 매일 일정 시간 산책을 하고 주말이면 드라이브를 가거나 카페에서 함께 책을 읽고 얘기를 나눠요. 매일 3시간 이상 대화를 하는데도 이야기가 끝이 없어요. 대화가 잘 통하기도 하고, 남편이 제 얘기를 잘 들어줘요. 그렇게 결혼 생활 처음부터 지금까지 함께 보내는 시간이 늘 행복하고 좋아요.

남편은 성실하고 다정한 사람이에요. 매일 신문과 책을 읽고, 제가 모르는 걸 물어보면 경청하고 책임감 있게 대답해 주고요. 본인이 그렇게 멈추지 않고 노력하니까 제게도 발전할 기회를 준 것 같아요. 지금처럼 서로 정체되지 않고 성장하는 부부가 되고 싶어요.

하나 덧붙이자면 저희 부부가 세상에 큰 영향력을 끼칠만한 사람들은 아닐지 모르지만, 딩크 부부로서 멋지게 살아가는 모습을 보여주고 사람들이 딩크족에 대한 선입견을 버리는 데 일조하고 싶다는 작은 바람도 있어요.

# 반드시 낳아야만
## 가족일까?

반려견을 키우는 내게 무심코 "애 대신에 개를 키우냐?"라고 묻는 이들이 적지 않다. 나를 대신할 수 있는 사람은 세상에 없다고 믿는 것과 마찬가지로 애를 대신할 수 있는 개나, 개를 대신할 수 있는 애는 세상에 없다고 본다. 때문에 '낳는다'의 의미, 즉 혈연에 관해 오래도록 고심했다. 남편은 낳는 행위나 혈연으로 묶이지 않았지만 나와 가장 밀접한 가족이다. 경우에 따라 혈연을 만들 수야 있지만, 애초에 부부로 가족이 된다는 자체가 반드시 혈연이 아니어도 가족이 되는 원초적 가능성의 집약이다. 정희 님과 남자사람 님 부부는 우리 부부와 마찬가지로 반드시 혈연을 만들지 않아도 끈끈한 가족을 구성할 수 있음을 보여주고 있다. 이들과 '반드시 낳아야만 가족일까?'라는 의문에 대해 그리고 반려동물과 함께하는 생활에 대해 이야기를 나눠보았다.

---

**아내 정희 님** 33세, 여성, 치과위생사

**남편 남자사람 님** 30대 초반, 남성, 회사원

**반려동물
키우기는
육아의
간접 체험**

**서로 강아지 얘기는 자주 하는데 사람 안부는 참 안 묻고 지냈네요. 정희 님, 남자사람 님, 요즘 어떻게 지내고 있나요?**

정희 알다시피 멍멍이 두 마리 키우며 잘 살고 있지요.

남자사람 코로나 이후에 대중교통을 타지 않고 자가용으로 출퇴근을 해서 요즘 좀 피곤해요. 그 외에는 별일 없이 잘 지내고 있어요.

**두 분 결혼하신 지 올해로 3년 차잖아요. 알기론 두 분은 연애도 오래 했고 가족계획도 미리 세워보면서 결혼 생활을 시작했는데요. 그때는 자세히 듣지 못했는데 결혼 전에 어떤 이야기를 나누고 어떤 결론에 도달했는지 이제라도 들어보고 싶습니다.**

정희 저희는 2013년부터 연애를 시작해서 2018년에 결혼했습니다. 6년간 연애를 하다 보니 대화 내용이 상당히 구체적으로 흐를 때가 많았죠. 그중 하나가 결혼을 한다면 아이를 가질 것인가에 관한 이야기였어요. 그때 대화를 나누며 도달한 결론을 요약해 보면 대략 이런 거였어요. 첫째, 둘 다 연애를 시작할 때부터 결혼해서 아이를 낳는 행위에 대한 로망이 없다. 둘째, 둘 다 아이를 좋아하지 않는다. 셋째, 각자 개인적인 시간과 문화생활, 삶의 질적 가치를 중시한다. 넷째, 아이에게 시간과 비용을 할애하고 싶지 않다.

**남자사람** 그리고 출산의 고통이나 금전적 부담 등의 리스크를 떠안고 '아이가 있어야 행복하다'는 확실하지 않은 명제를 선택하는 건 일종의 도박이나 다름없다고 생각했어요. 대신 이런 결론에 도달하면서 각자의 부모는 각자 알아서 설득하자는 합의도 있었습니다.

**정희** 저는 결혼 생활을 하면서 비출산이 더 확고해졌어요. 결혼하고 강아지를 두 마리 키우면서 육아를 간접 체험하는 느낌이었어요. 책임져야 하는 생명이 생기면서 생활이 많이 바뀌고 작은 희생도 뒤따랐고요. 그리고 뭐랄까, 강아지를 키우는 데 필요한 노동을 제가 모두 감당하고 남편은 도와주기만 하는 느낌도 있었어요. 주변에 아이를 낳은 지인들을 보면 머릿속에서는 같이 기른다고 생각하지만 결국은 여자가 아이를 키우는 환경이 형성되더라고요. 남자 쪽은 아이가 엄마를 더 필요로 한다는 얘기도 많이 하고요. 사실 아이랑 지내는 시간이나 생활 양상에 따라 자연스레 엄마를 더 따르게 되는 건데 남자들은 그걸 "애가 엄마를 더 필요로 해."라면서 책임을 회피하고 부인에게 맡기더라고요. 그와 비슷하게 우리 개들이 남편보다 나를 더 따르고 의지하는 것 역시 나를 더 보호자로 인식하기 때문인데 그걸 보며 "개가 나보다 너를 따른다."면서 책임을 피하고 쉬고 싶어 하는 남편의 모습을 봤을 때 아이를 낳으면 내게 더 많은 책임이 따르겠구나 싶었어요. 저는 출

산과 육아의 그림을 머릿속으로 그려보면 불행하기만
해요. 당연히 아이와는 행복할 수 있겠지만 부부 사이
는 그렇지 않을 것 같았고요. 애를 낳으려고 결혼한 게
아니듯 부부 사이에 여유가 없어지면 서로에 대해 더
생각하지 못할 것이고 결혼을 통해 계획한 우리의 행복
이 다른 방향으로 흐르게 될까 봐 우려됐어요.

**남자사람 님, 어떻게 된 거죠?**
남자사람 함께 살면서 이견을 맞춰나가는 부분이 있고,
현재진행형이라고 봅니다.
정희 그리고 주변 기혼자들의 생활상을 듣고 보면서 아
이를 낳아 키운다는 게 얼마나 큰 희생인지 느껴지더
라고요. 부모라면 자신보다 아이를 더 생각해야 되잖아
요. 나보다 아이를 먼저 생각하는 삶이 스스로에게 행
복인지 의문이 들었습니다. 그리고 아이를 키우는 지인
들이 아이 덕분에 행복하다고들 말하지만 제가 느끼기
엔 온전히 그래 보이진 않았어요. 표정이나 삶의 질이
나 여러 면에서요.

**그런데 남자사람 님이 외동아들이시잖아요. 우리나라
에서는 어느 집이나 비슷하지만 유독 외아들을 둔 집
안에서 후손에 거는 기대가 크거든요. 남자사람 님 집
에서는 그런 면이 없으셨는지, 양가 부모님들은 두 분**

**의 비출산 선택을 어떻게 받아들이셨는지 궁금합니다.**

남자사람 저희 부모님은 손주라는 존재에 대해 기다림이 굉장히 컸고, 사실 지금도 바라시는 편입니다. 하지만 저는 결혼하기 전부터 부모님께 아이는 기대하지 말라고 지속적으로 말씀드렸어요. 대신 아이를 낳을 생각이 없지만 우연히 생긴다면 낳겠다는 말로 달래드린 정도예요.

정희 결혼 후 1년쯤 지나서 시어머님이 제게 아이 생각을 물으신 적 있는데 저도 남편과 같은 생각이라고 말씀드렸어요. 친정에서는 여전히 저희 부부의 출산을 기다리고 계세요. 가정을 꾸리면 아이를 갖는 게 당연하다고 생각하시는 분들이거든요. 그래서 완강하게 저희 입장을 주장하기보다 둘이 잘 살고 싶다는 말로 자연스럽게 응대하고 있어요.

남자사람 평소 저희 본가보다 장인어른, 장모님이 아이를 바라시는 마음이 강하게 느껴져요. 싫은 소리를 하시는 편은 아니지만, 사위 입장에서 약간의 압박감은 감수하고 있어요.

**대신 두 분은 사람 아이 대신 동물 아이를 키우고 계시잖아요, 저처럼. 강아지도 키우기 시작한 순간부터 가족이고요. 저는 언제부턴가 '가족'의 의미가 반드시 '낳는다'와 같은 의미는 아니라는 생각이 들었어요. 오래**

가족의 완성,
혈연보다
중요한
수많은 가치

전 동물을 '애완'으로 여기던 시대와 달리 우리는 '반려' 동물로써 동물들과 교감하고 즐겁게 지내죠. 이 또한 부부가 주체적으로 선택한 가족의 형태 중 하나라고 생각해요. 두 분은 어떠세요? 반드시 사람을 낳아 키워야만 가족이라고 생각하시나요?

정희 저는 생애 기억이 있던 순간부터 개와 가족을 분리해서 생각해 본 적이 없어요. 늘 구성원 중에 개가 있었어요. 달라진 게 있다면 과거에는 애완의 느낌이었다면 지금은 반려 구성원이 된 거죠.

또 저는 누군가의 자식으로서 핏줄로 이어진 가족과 지내다가 이제는 피가 섞이지 않은 남인 남편과 결혼이라는 선택을 해서 가족이 되고, 동반자가 되었잖아요? 굳이 피로 이어져야만 가족이 아니듯 반드시 아이를 낳아서 가족이 완성된다고 생각하지 않아요. 하지만 혈연을 중시하는 사람들을 부정하진 않습니다. 유전적으로 모든 생명은 종족 보존의 본능을 갖고 태어나니까요.


**그렇다면 지금 반려동물과 함께하는 가족의 형태를 어떻게 바라보고 있나요?**

남자사람 강아지를 우리 가족으로 대하고 정성껏 키우고 있지만 낳아서 얻는 가족과 낳지 않은 가족 사이에 감정의 차이는 있을 거라 생각해요. 가족은 가족이되 낳은 가족과 반려견을 키우는 데 온도 차가 있을 수 있다는 말이지요.

저희 부부는 결혼하면 계속 맞벌이로 살 계획이었기 때문에 처음엔 강아지를 키울 자격을 갖추지 못했다고 생각했어요. 사람을 낳는 것과 마찬가지로 강아지를 키우는 것도 확실한 보살핌이 필요하니까요. 그런데도 둘 다 결혼 전부터 강아지를 키워왔고, 좋아하기 때문에 감당하는 거죠. 주변에 아이를 낳고 육아를 하는 가정과 비교해 보면 우리 부부가 사는 방식이 꽤 만족스럽게 느껴져요.

정희 도란 님도 알다시피 개들은 행복을 가까운 곳에서 찾고, 쉽게 행복해하고, 아프고 상처받아도 회복이 빠르잖아요. 개들을 반려하면서 사람과는 다른 방식으로 이해해야 하는 부분이 있지만, 사람이 개들에게 배울 점도 분명 있어요.

미련하다 싶을 정도로 개들은 늘 나를 사랑해 주고 한결같은 눈으로 바라봐요. 가끔 개에게 화가 났다가도 초롱초롱한 눈빛 한 방에 다 녹아버리기도 해요. 사람과의 관계처럼 복잡한 감정과 행동이 필요치 않아요. 그 단순함에 위로받는다고나 할까요. 그래서 개들과 살면서 제 일상의 만족도는 처음 입양하기로 했을 때보다 수치로 나타낼 수 없을 정도로 높아요. 개들을 보면서 많이 배우고, 행복을 바라보는 관점이 더욱 명확해졌어요.

무슨 말씀인지 알아요. 저도 모카를 키우면서 비슷한 감정이 들 때가 있어요. 모카는 제게 늘 일관성 있거든요. 개니까 그렇겠지만 어쩌면 사람에게도 그런 일관성과 단순함을 기대하고 싶을 때가 있죠. 그럴 때면 개와 사람의 공존은 매우 좋다는 생각이 듭니다.

정희 님 부부는 반려견을 중심으로 어느 정도의 지역 커뮤니티가 형성됐잖아요. 같은 맥락에서 딩크 부부가 늘어남으로써 반드시 자녀를 동반하지 않아도, 혈연으로 엮이지 않아도 연대가 가능한 커뮤니티, 인간관계, 공동체 형성이 활성화되지 않을까 하는데 두 분은 어떻게 생각하시나요?

정희 그게 생각보다 쉽진 않다고 봐요. 사실 사람들끼리 모이다 보면 어떤 관심사를 통해서 호감도가 매우 높아지면서 서로에게 쉽게 기대를 하게 되거든요. 반면 그게 충족이 되지 않으면 쉽게 깨질 수 있는 것도 커뮤니티의 특징이죠.

저희는 개를 중심으로 한 커뮤니티가 자연스레 형성되었는데 서로에게 큰 기대를 하지 않고, 사적인 질문을 많이 하지 않아요. 오로지 개 얘기가 대부분인데 사실 그것만으로 끈끈하고 깊은 관계가 될 수는 없어요. 사람은 본인의 내적인 부분, 사적인 부분을 드러내면서 갖는 관계를 내 것이라고 인식하잖아요. 커뮤니티는 불특정 다수의 사람이 모여서 대화를 쉽게 이어갈 수 있어서 쉽게 친밀해질 수는 있지만 깊은 관계를 만드는 건 또 다른 얘기죠. 커뮤니티가 잘 지속이 되려면 오히려 서로 기대하지 않고, 적당히 한 걸음 뒤에서 바라보는 게 좋다고 생각해요.

남자사람 저도 비슷한 생각이에요. 그런데 육아 커뮤니티도 비슷하지 않을까요? 너무 가까이 다가가기보다 적당한 거리감이 오히려 건강한 유대가 될 수 있죠.

**이번에는 사회적 시선에 대해 이야기해 볼게요. 저는 "애가 없어서 개라도 키우는구나."라는 식의 시선이 불편했어요. 내가 개를 키우는 건 온전히 반려동물을 키우고 싶다는 결정에 따른 것인데, 애가 없어서 대리만족으로 동물이라도 키운다는 식의 시선은 무지의 소치라고 볼 수밖에 없었어요.**
**이 같은 면에서 두 분도 사회적 시선에 부딪힌 적이 있는지, 있다면 어떻게 대응하셨는지 궁금합니다.**

정희 비출산을 선택하면서 남이 뭐라 하든 신경 안 쓰기로 했어요. 주변에서 혹은 모르는 사람이 저의 지극히 사적인 결정에 대해 왈가왈부하는 걸 굳이 신경 쓸 필요를 못 느끼거든요. 사람들에게 다 설명하고 싶지 않기도 하고, 이해해 주길 바라지도 않습니다.

남자사람 일하는 데서 나이가 아버지뻘인 분들이 많다 보니 이런저런 말을 듣곤 하는데, 그분들께는 죄송하지만 전부 무시하고 있습니다.

**그럼 또 다른 시선, 후회에 대해서는 어떻게 생각하세요?**

정희 보통은 "후회하지 않겠어?"라는 말의 의도가 "너의 노후를 생각해 봐!"라는 식의 접근 아닌가요? 그런데 아이를 키워서 그 애가 나의 노후의 버팀목, 보호자, 내 제사를 지내줄 후손 등의 수단이라면 정말 가지면 안 되는 거죠. 덧붙이자면 저는 아이를 키우는 데 쓸 돈으로 노후 준비하는 게 좋다고 봐요.

남자사람 출산뿐만이 아니라 본래 후회를 잘 안 하는 편이에요. 게다가 내가 원해서 아이를 낳지 않겠다고 선택했기 때문에 오히려 낳았을 때보다 후회할 일이 없겠죠.

**그런 면에서는 저희 부부와도 상통하는 부분이 있네요. 자신의 삶에 자부심을 느끼는 사람에게 후회는 그리 의미 있는 키워드가 아닐 겁니다.**
**끝으로 두 분은 앞으로 어떤 부부로 살고 싶으신지 한 마디씩 들어볼게요.**

정희 서로에게 집중하는 삶, 나에게 집중하는 삶을 선택한 만큼 지금의 배우자가 없는 인생은 상상할 수 없는 부부가 되고 싶어요. 이제 3년 차 부부라 그런지 아직은 롤러코스터 타는듯한 날들도 있지만, 남편은 연애할 때나 결혼 생활을 하는 지금이나 마음이 한결같거든요. 그 감정에 대한 믿음이 있고요. 우리 둘이 있어야 완성이라는 확신이 있는 부부면 될 것 같아요.

남자사람 나이 지긋하게 먹고도 손잡고 다니는 부부, 저는 그거면 충분합니다.

**아이 낳은 부부들은 아이의 손을 잡느라 부부끼리 손을 잘 못 잡긴 하죠. 공감합니다. 두 분의 마음, 언제나 응원합니다.**

# 계획 없는 결혼 생활도
## 충분히 괜찮을까?

결혼 생활에 중요한 부분을 계획하고 차근차근 다가가는 삶이 있는가 하면, 계획이나 구체적인 목표 없이 오늘을 풍요롭게 사는 방식도 있다. 어느 쪽이 좋다 나쁘다 결정할 이유도 필요도 없다. 다만 나는 전자에 속하는 사람이기 때문에 뚜렷한 계획을 세우지 않고 자유롭게 사는 방식에 호기심이 일었다.

남편의 회사 선배였던 션 님 그리고 아내 마르네 님은 30대 중반 이후 프랑스로 유학을 다녀왔다. 마르네 님은 이전의 경력과 전혀 다른 방향으로 진로를 변경했다.

자유롭게 살아가는 이들 부부의 행보는 내게 특별하게 다가왔고, 어쩌면 '계획'에 얽매이지 않는 삶의 태도가 도전의 에너지가 아니었을까 어렴풋이 짐작할 수 있었다.

—

**아내 마르네 님** 30대 후반, 여성, 셰프

**남편 션 님** 40대 초반, 남성, 회사원

**남편을 통해 말씀 많이 들었습니다. 두 분 요즘 어떻게 지내세요?**

마르네 저는 외국계 증권사 주식영업부에서 12년간 근무하고 퇴사한 뒤에 파리로 요리 유학을 떠났고요. 한국에 돌아와서는 프라이빗 다이닝 셰프로 일하고 있습니다.

션 아내와 함께 파리에 다녀온 뒤 회사에 복직했습니다. 매일 5시 50분에 일어나 10분 명상, 1시간 테니스, 30분 강아지 산책, 샤워 후 출근하는 모닝 루틴을 지키며 살고 있습니다.

**션 님은 예전에 파리 유학을 가실 때도 테니스 치러 가셨다고 들었습니다. 다들 유학을 하러 가면 학위나 확실한 경력을 쌓아 오려고 하는데 테니스를 치러 갔다니! 신선하고 부럽기도 했어요. 테니스 정말 좋아하시나 봅니다.**

션 저는 테니스 중독이 맞아요. 테니스 외에도 매일 팔굽혀펴기 200회, 턱걸이 30회를 하지 않으면 기분이 좋지 않아요. 운동하는 시간만큼 독서량을 유지하려고 노력도 하고, 하루 24시간을 완벽히 보내기 위해 늘 고민하는 편이에요.

**이번에 제가 딩크 부부로서의 삶을 주제로 인터뷰를 요**

청했을 때 션 님이 "우리는 자연의 섭리를 따르는 부부"라고 말씀하셨잖아요. 반드시 아이를 낳지 않겠다고 선언하고 다짐한 게 아니라 자연스럽게 지내겠다는 의사 표현이 인상적이었습니다. 왜냐하면 저는 많은 기혼자가 '표준'이라 여기는 가족계획의 틀에 따른다고 느끼거든요. 이를테면 결혼 후 1~2년 신혼 생활 즐기고, 아이를 갖고, 아이는 두 살 터울로 두 명. 이런 식으로 정상 가족의 틀을 구상하게 되잖아요.

하지만 가족계획이란 틀을 만드는 게 아니라 자연스럽게, 상황과 감정에 맞춰 변화하고 부부의 행복에 초점이 맞춰져야 한다고 봅니다. 그런 면에서 두 분의 가족계획은 어떠셨나요?

마르네 딱히 가족계획을 세우진 않았습니다. 저희가 올해로 9년 차 부부예요. 신혼 때부터 여행 다니는 것을 좋아했고, 여행 역시 오지를 다니는 극한 여행을 즐겼던지라 아이 생각은 솔직히 뒷전이었어요. 또 당시 회사에 다니며 스트레스가 극도로 심한 업무를 하던 저로서는 임신, 출산, 육아에 대한 부담이 컸습니다. 요즘은 부부의 육아휴직이 가능한 상황이지만, 제가 회사에 다니던 5년 전만 해도 쉽지 않았거든요. 그렇다 보니 일부러 비출산을 선택한 건 아니지만 자연스레 가족계획이 인생에서 뒷 순위로 밀린 것 같습니다.

션 학교 다닐 때를 생각해 보면 나랑 친하게 지낼 사람은 한눈에 알아보잖아요. 결혼 전 아내와의 첫 통화 때 비슷한 감정을 느꼈어요. 첫 통화부터 어색함 전혀 없이 길게 통화를 했는데, 그날 이후 열정적으로 만났고 당연하다시피 '이 사람과 결혼하고 같이 살겠구나.' 하고 생각이 들었어요.

그렇게 1년을 만나고 6개월 동안 준비해서 결혼했는데, 연애 때부터 지금까지 가족계획에 대해 진지하게 얘기해 본 적이 없어요. 우린 여전히 연애할 때와 똑같이 살고 있거든요. 물론 아이가 있으면 그 나름대로 행복하게 살 것이고, 아니면 지금처럼 똑같이 만족하며 살겠죠. 거창하게 가족계획을 세우거나 어떻게 살자고 미리 치밀한 계획을 세우지 않았고, 주변의 압박도 크게 없었습니다.

**그렇다면 가족계획으로 인한 의견 불일치나 충돌은 없으셨겠네요.**

마르네 네, 가족계획에 대해 의견이 달랐던 적은 없었어요. 자녀에 관해서는 둘 다 조급하지 않거든요. 그저 후회하지 않는 하루하루를 살고 있어서 삶에 반드시 계획이란 게 필요하지 않다고 느끼기도 해요.

선 가족계획이나 많은 일들에 있어 의견이 부딪히는 경우가 별로 없어요. 제가 늘 아내에게 혼나고 반성하고 배우고 지나갑니다.

남편 쪽이 항상 혼나고 반성하는 건 저희 부부랑 비슷하네요(웃음). 사실 션 님은 제 남편의 옛 회사 선배인데요. 제 남편이 많이 부러워한 점이 있다면 두 분이 잘 다니던 회사를 퇴직, 휴직하고 프랑스로 유학을 떠난 일이에요.

당시 두 분 나이가 마르네 님이 30대 중반, 션 님이 후반이었잖아요. 우리나라에서는 20대에 모든 진로를 결정하고 30대와 40대에는 한길로 매진하는 게 '보통'이거나 '바람직하다'고 평가하는 기류가 있거든요. 그에 반해 평소 해오던 일과 전혀 다른 분야에 도전했어요. 특히 마르네 님은 금융계에 종사하다가 요리 유학을 가서, 지금은 셰프가 됐거든요. 용기가 필요했을 거라 짐작합니다.

마르네 저는 큰 두려움은 없었습니다. 아마도 한 직장에서 오래 근무하며 밤낮, 주말 없이 스트레스를 많이 받고 다녔기 때문에 미련 없이 그만둘 수 있었던 것 같습니다. 오히려 도전하는 분야에 대한 설렘이 더 컸습니다.

션 저는 아내를 옆에서 지켜야 한다는 생각밖에 없었어요. 아내가 높은 연봉과 안정된 직장을 다니고 있었지만, 어울리지 않는 직업이라고 생각했어요. 금융계는 영악한(?) 사람들이 모이는 곳이니 그곳을 벗어나 원하는 일을 했으면 좋겠다는 의사를 비치기도 했어요. 또 아내가 학창 시절부터 특기란에 요리를 적을 만큼 잘했기 때문에, 요리 유학을 결정했을 때 새로운 도전이었지만 이제 진정 본인의 길을 가는구나 했어요.

**그래서 아내를 지키기 위해 프랑스에서 테니스를!**
션 그렇죠. 사실 저는 아내의 도전적인 모습에 다소 충동적으로 퇴사를 하겠다고 결정했어요. 무슨 자신감이 있었는지 모르지만 크게 걱정하지 않고 유학하러 가자, 공부를 하자, 여행을 가자, 휴직을 하자 등 다가오는 고민거리를 오래 붙들진 않았습니다. 그래서 회사에 퇴사하겠다고 얘기했는데, 되레 휴직을 권유해 좀 당황했어요. 하지만 그것도 나쁘지 않다고 생각해서 받아들였습니다. 그렇게 1년 동안 프랑스와 유럽에서 즐겁게 지내고 돌아와 복직했습니다.

**새로운 분야에 도전하고 조금 늦은 유학을 떠날 수 있었던 배경에 아이가 없다는 영향이 크다고 봅니다. 아이가 있다면 망설임이나 고민, 준비할 사항이 훨씬 많았을 테니까요. 유학과 진로 변경에 있어 딩크의 삶이 어떤 영향을 줬는지 자세히 들어보고 싶습니다.**
마르네 물론 아이가 없었기 때문에 쉽게 결정할 수 있었던 건 맞습니다. 다만 유학 준비 중에 혹시라도 아이가 생겼을 때 어떻게 할지에 대한 고민은 있었어요. 결

자녀가
있어도
선택은
같았을 것

론은 "아이가 생겨도 무조건 간다!"였습니다. 물론 아이 있는 분들은 애가 없으니깐 할 수 있는 말이라고 하시겠죠?

선 저도 마찬가지예요. 아이가 있었어도 크게 고민하지 않았을 거예요. 아내는 계획을 잘 세우고, 저는 거침없이 실행하는 성향인데 그 어떤 상황도 잘 해결해 나갈 거란 자신감이 있었어요. 하지만 아이가 있으면 아무래도 한번 더 고민하게 되고 주저했겠죠. 지금은 딩크로서 누릴 수 있는 모든 걸 누리고 있어서 좋아요. 강아지를 두고 멀리 여행 다닐 때 보고 싶고 걱정돼서 빨리 집에 돌아가고 싶을 때도 많지만….

**아이가 없어서 도전에 장애물은 없었지만 있었어도 유학을 포기하진 않았을 거라고 정리할 수 있겠네요. 결국 새로운 길에 진입하고 도전하는 데 중요한 건 자기 삶에 대한 자신감과 의지인가 봅니다. 그리고 또 궁금한 게 두 분이 출산하지 않고 결혼 생활을 하고, 또 유학을 결정했을 때 양가 부모님이 반대하진 않으셨나요?**

마르네 저희가 확고하게 아이를 낳지 않겠다고 결정한 것은 아니지만 결혼한 지 거의 10년이 되어가고, 둘 다 나이가 많은 편이라 아직 아이가 없는 것에 대해 아쉬워하시는 부분은 있어요. 시가에서는 남편이 5남매 중 막내이고, 손주들이 많아서인지 신혼 초에만 출산 여부를 두어 번 물어보시고 그 뒤로는 한번도 물어보신 적이 없습니다. 오히려 제가 맏딸이라 친정에서 "아이가 없으면 나중에 후회한다."라는 말씀을 하시며 가끔 압박하시죠.

다만 유학보다는 퇴사 결정에 대해 시가와 친정에서 걱정이 많으셨어요. 안정적으로 다니고, 돈도 잘 벌고 있던 제가 편안한 사무직을 뒤로하고 몸이 고된 요리사의 길을 가겠다고 하니 걱정이 크셨겠죠.

**그렇죠. 앞서 이야기가 나왔지만 30~40대에는 한길을 가며 안정적으로 사는 걸 바람직하게 보는 사회 분위기가 만연하니까요.**

마르네 하지만 저의 결정이 워낙 확고했고, 이미 저지른 후였죠.

션 둘 다 안정적인 회사에 다니다가 유학이라는 결정을 내린 터라 주변 사람들이 저희 부부의 삶을 많이 궁금해하는 것 같아요. 아이를 갖지 않는 것에 대해서도 저희 부부가 당연히 딩크의 삶을 '선택'해서 사는구나 생각하는 면도 있고요. 그렇지만 가족계획에 있어 심각하고 치밀하게 고민한 적은 없기 때문에 자연스럽게 결혼생활을 누릴 뿐입니다.

비출산에 관한 질문은 몇 번 받았어요. 나이 차가 많은 직장 선배들에게서 "왜 낳지 않느냐."라는 질문을 한두 번 받았고요. 부모님은 남들처럼 한 살이라도 젊을 때 애를 키우는 게 좋지 않겠느냐고 말씀하신 적은 있지만 크게 개의치는 않으세요. 특히 저희 부모님은 이미 손주들이 많아서인지 저희 부부 둘만 행복하면 된다는 생각이시고요.

**두 분 다 따뜻한 부모님을 두셔서 상처 없이 잘 지내시는 듯합니다. 하지만 가끔은 편견에 사로잡힌 사회적 시선을 느낄 때도 있지 않으신가요?**

마르네 아직 아이 없는 삶을 확실히 결정한 것은 아니라서 그런 시선을 느낄 때면 "생기려면 생기겠죠." 정도의 태도로 대응해요.

션 "그래도 결혼했으면 아이는 있어야지."라고 말씀하시는 분들은 나이가 지긋하시잖아요. 그분들은 나름 진심 어린 조언을 주시는 거고, 나쁜 마음으로 괴롭히는 말이 아니니 가볍게 넘깁니다. 우리는 우리만의 페이스대로 살아가기 때문에 다른 사람의 의견이 삶에 크게 영향을 주진 않으니까요.

**딩크족으로 검색을 하면 '딩크족 후회'라는 키워드가 연관검색어로 나옵니다. 그 정도로 아이가 없으면 후회할 거라 생각하는 사람이 많은 모양입니다. 두 분은 후회에 대해 생각해 본 적 있으세요?**

마르네 아이가 있는 제 친한 친구들은 "네가 아이를 정말 원하는 거 아니면 아이 없이 둘이 행복하게 사는 게 나쁘지 않다."라고 말하더라고요. 저희는 둘만의 삶을 재밌게 잘 보낼 자신이 있고, 아이가 있는 삶 또한 행복할 것 같아요. 단지 이제는 나이가 있어서 육체적으로 아이를 키우기 힘들 것 같다는 생각 때문에 출산에 대해 적극적이지 않을 뿐이죠.

션 확고하게 아이를 절대 낳지 않겠다고 결정한 게 아니라서 후회할지, 안 할지 확답할 수는 없네요. 하지만 낳지 않았다고 후회하진 않을 것 같아요. 지금은 둘이 지내는 게 즐겁고 앞으로 둘만 살아도 재밌을 것 같거든요. 그런데 아이를 낳는다면 그 아이들이 지금의 우리처럼 행복하게 살 수 있을까에 대한 확신은 없어요. 미국에서 유학할 때 저를 아들처럼 돌봐주신 호스트 할아버지가 계셨어요. 돌아가시기 전에 결혼은 꼭 하라고 말씀하시더라고요. 평생 혼자 사셔서 외로우셨나 봐요. 저는 곁에 소중한 사람 한 명이면 외롭지 않을 것 같아요. 그리고 꼭 내 자식이 아니어도 조카도 있고 친구들도 있고…. 음, 역시 후회는 안 할 것 같네요.

**확고한 계획 하에 딩크족의 삶을 선택한 케이스가 아니라 저희 부부나 다른 딩크 부부의 삶과 비교해 보며 다양한 면을 생각할 수 있었습니다.**

**마지막으로 두 분, 앞으로 어떤 부부로 살고 싶으신지 한마디씩 들어볼게요.**

마르네 서로를 보고 배우고 성장하며, 주변 사람들에게 선한 영향을 주는 부부가 되고 싶습니다.

션 소중한 사람들을 챙기고, 상식에 맞게 살고, 반팔 와이셔츠 장착하고 담배와 커피믹스로만 연명하는 직장인은 되지 말자, 육아 전쟁으로 지쳐가는 부부가 되지 말자 정도요. 그리고 우리 소중한 강아지와 뛰어놀고 셰프 마르네의 주방에 늘 사람들이 찾아오고, 나의 취미를 즐기며 지금처럼만 지내면 더 바랄 게 없습니다.

# 아이 없는 어른도 꽤 괜찮습니다

내 삶을 취사선택하는 딩크 라이프

초판 1쇄 인쇄   2020년 11월 17일
초판 1쇄 발행   2020년 11월 27일

| | | | |
|---|---|---|---|
| 지은이 | 도란 | 전화 | 031-955-4955 |
| 펴낸이 | 이준경 | 팩스 | 031-955-4959 |
| 편집장 | 이찬희 | 홈페이지 | www.gcolon.co.kr |
| 총괄부장 | 강혜정 | 트위터 | @g_colon |
| 편집 | 이가람, 김아영 | 페이스북 | /gcolonbook |
| 디자인팀장 | 정미정 | 인스타그램 | @g_colonbook |
| 디자인 | 김정현, 정명희 | | |
| 마케팅 | 정재은 | ISBN | 979-11-91059-03-8 03810 |
| 펴낸곳 | 지콜론북 | 값 | 13,500원 |

출판 등록   2011년 1월 6일 제406-2011-000003호
주소       경기도 파주시 문발로 242 3층

이 도서의 국립중앙도서관 출판예정도서목록(CIP)은
서지정보유통지원시스템 홈페이지(seoji.nl.go.kr)와
국가자료종합목록 구축시스템(kolis-net.nl.go.kr)에서 이용하실 수 있습니다.
(CIP제어번호 : CIP2020047652)

잘못된 책은 구입한 곳에서 교환해드립니다.
지콜론북은 예술과 문화, 일상의 소통을 꿈꾸는 ㈜영진미디어의 출판 브랜드입니다.